KB105103

GAME OF GOETIA

니콜로 장편소설

FUSION FANTASTIC STORY

마왕의 게임

마왕의 게임 5

니콜로 장편소설

초판 1쇄 찍은 날 § 2015년 12월 1일
초판 1쇄 펴낸 날 § 2015년 12월 8일

지은이 § 니콜로
펴낸이 § 서경석

편집책임 § 한준만

펴낸곳 § 도서출판 청어람
등록번호 § 제387-1999-000006호
등록일자 § 1999. 5. 31
어람번호 § 제1-2302호

주소 § 경기도 부천시 원미구 부일로 483번길 40 서경B/D 3F (우) 14640
전화 § 032-656-4452 팩스 § 032-656-4453
http://www.chungeoram.com
E-mail § chungeorambook@daum.net

ISBN 979-11-04-90538-4 04810
ISBN 979-11-04-90396-0 (세트)

니콜로 장편소설

FUSION FANTASTIC STORY

마왕의 게임

도서출판 청어람

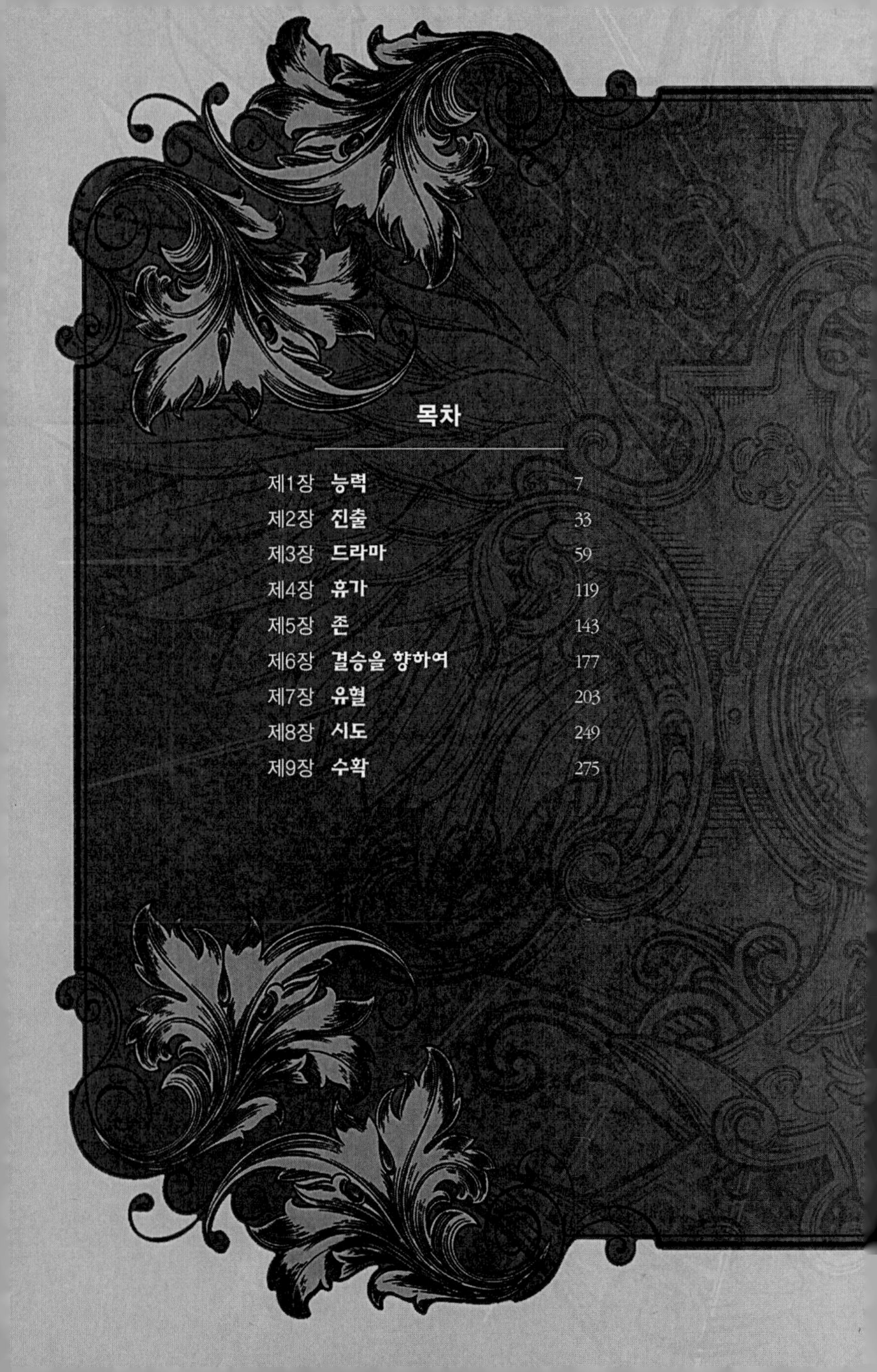

목차

마왕의 게임
GAME
OF
GOETIA

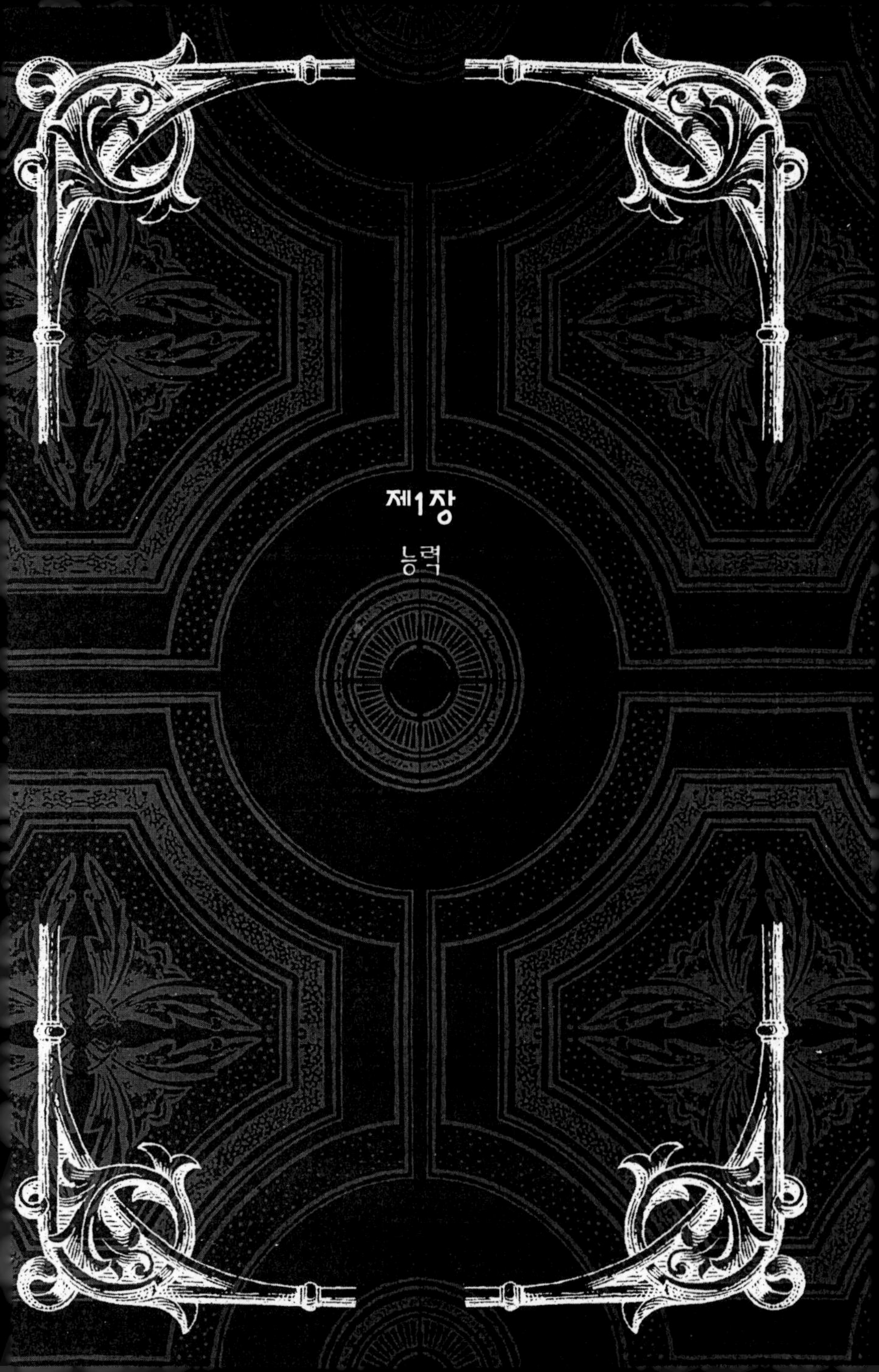

제1장

능력

회심의 일격을 성공시키는 듯했으나, 거꾸로 이신의 본진에 갇혀 버린 장각의 주력 병력.

밖으로 나가는 출입구는 거꾸로 방어가 철저하게 되어 있었다.

건물로 밀봉시켜 놓고, 감시탑과 참호도 세워져 있었다.

뒤에는 투석기 4기가 배치되어서 가까이 다가오는 장각의 병력을 공격했다.

'이럴 수가!'

엘프 어쌔신 에렌에게 빙의되어 있었던 장각은 망연자실했다.

이신의 총공세에 무너져 가는 자신의 본진을 멍하니 지켜봐야만 했다.

물론 이신의 본진도 장각에 의해 파괴되고 있는 실정이지만, 이신은 9시 지역에도 마력석 채집장이 있었고, 이미 주요 건물을 다시 짓고 있었다.

반면에 장각은 불리한 국면을 역전시키기 위해 모든 여력을 이 공격에 올인한 상황.

본진과 앞마당이 망하면 다른 곳에 다시 재건시킬 여력이 없었다.

이신의 급습으로 마력석을 채집하던 어린 엘프들이 우선적으로 죽어나가자, 마력 공급이 끊어졌다.

'이런 전략을 쓸 수도 있다니!'

자기 본진을 송두리째 미끼로 던져 적을 끌어들일 줄 누가 알았겠는가.

'정말 대단한 자다.'

장각은 감탄을 거듭했다. 하지만 이대로 무릎 꿇을 생각은 없었다.

장각은 남은 마력을 전부 쥐어짜 다시 한 번 환영을 만들어냈다. 그리고 환영들을 방패 삼아 앞세우며 앞마당을 향해 돌진했다.

이신이 철저히 밀봉시켜 놓은 출입구는 쉽게 뚫리지 않았다.

간신히 뚫었을 때는 너무 큰 피해를 입어 장각의 남은 병력이 얼마 없었다. 그리고 장각의 진영은 완전히 초토화된 상태였다.

장각은 쓴웃음을 지었다.

'그야말로 책략이 선인지경에 이른 자로다.'

[악마군주 단탈리안 님의 계약자 장각 님께서 패배를 선언하셨습니다. 악마군주 그레모리 님의 승리입니다.]

[악마군주 그레모리 님께서 마력 2만을 획득하셨습니다.]

[마력 총량 20만 8천으로 악마군주 그레모리 님께서 서열 65위가 되셨습니다.]

[마력 총량 18만 5,100으로 악마군주 단탈리안 님께서 서열 66위가 되셨습니다.]

"졌군."

단탈리안은 덤덤히 말했다. 불쾌하지만 크게 화를 내는 모양새는 아니었다.

다만, 단탈리안은 서열전에서 이기고 돌아온 이신을 가만히 응시했다. 이신이 그 시선을 느껴 그쪽을 보려는 찰나,

"수고하셨어요."

그레모리가 재빨리 다시 안대와 귀마개를 이신에게 착용시켰다.

"이미 서열전도 끝난 마당에 그렇게까지 하실 필요가 있소?"

"서열전이 한 번만으로 끝나는 건 아니니까."

그레모리는 단호하게 대답했다. 단탈리안은 웃으며 어깨를 으쓱했다.

"좋소, 그대의 귀중한 계약자에게 소원이나 빌라 하시오."

그레모리는 텔레파시로 이신에게 물었다.

이신의 입이 열렸다.

"마력."

"정말 그거면 된다고 하오? 내가 어떤 소원을 들어줄 수 있는지를 알면서도?"

세상 모든 지식과 예술에 통달한 악마군주 단탈리안.

그는 엄청난 지식을 이신에게 전수해줄 수도 있는 악마군주였다.

그레모리가 답했다.

"감당할 수 없는 지식을 주어 파멸시킬 수도 있지. 그대가 전달하는 그 무엇도 내 계약자에게 닿지 않게 할 것이다."

"철저하시군. 좋소."

단탈리안은 마력을 응축시켜 이신에게 전달했다. 그의 마력 총량의 1%, 즉 1,851마력이 이신에게 전달되었다.

이신은 본래 지니고 있던 1,007마력까지 합쳐 총 2,858마력이 되었다.

"그럼 이만. 또 뵐 날이 올 거요."

단탈리안의 현재 마력 총량은 183,249. 그레모리의 마력 총량의 9할에 아슬아슬하게 모자란 수치였다. 즉, 언제든 도전할 자격을 갖춰서 복수하겠다고 나타날 수 있는 것이었다.

"언제든지."

그레모리는 겁내지 않았다. 이신이 있는 한 이길 수 있다고 그녀는 이번 서열전을 지켜보고 확신했다.

단탈리안과 장각이 떠나 버리자, 비로소 그레모리는 이신의 안

대와 귀마개를 풀어주었다.

"이번에도 수고가 많으셨어요."

"제게 베푸신 선물에 대한 보답이 되었으면 좋겠습니다."

"충분하고말고요."

그레모리는 활짝 웃으며 답했다. 그러다가 이신이 문득 질문을 했다.

"장각의 능력은 환영을 만들어내는 것이더군요."

"맞아요."

장각의 고유 능력은 환영.

하급 악마였을 때는 건드리기만 해도 곧장 사라져 버리는 환영에 불과했다고 한다. 하지만 중급 악마가 되자 그 능력도 강화되어서, 공격을 받아도 어느 정도 버티는 내구력 있는 환영을 만들 수 있게 되었다. 이는 오자서에게 들은 이야기였다.

"제가 기억하기로는 악마군주 단탈리안의 능력 또한 모든 지식과 예술, 그리고 환영을 만들어 퍼뜨리는 것이라고 들었습니다. 단탈리안과 장각의 능력이 비슷한 것은 우연입니까?"

"우연이 아니에요."

"그럼?"

"물론 하급 악마로 각성한 계약자의 능력이 악마군주를 따라간다는 규칙은 없어요."

그레모리가 계속 말했다.

"악마의 능력은 삶 전반이나 간절한 바람을 투영하여 형성되지요. 사도들에게 무기를 부여할 때도, 그 사도가 잘 쓸 수 있는 무기가 부여되지요?"

"예."

질 드 레에게는 롱 소드, 이존효에게는 혼천절이 부여됐다. 악마로서의 고유 능력도 그와 비슷하다는 뜻이었다.

"보통 악마군주가 해당 인물에게 계약을 제안할 때는 그 인물이 원하는 소원을 들어주는 것을 대가로 제안하죠."

그래서 계약자의 악마로서의 고유 능력은 악마군주와 비슷한 일이 많았다.

악마군주가 자기 능력껏 들어줄 수 있는 소원이 바로 계약자가 간절히 바랐던 것이었으니 말이다.

"그럼 저도 그레모리 님과 비슷한 능력을 손에 넣겠군요."

"그럴 가능성이 높죠. 어쩌면 제게 계약의 대가로 요구했던 치유일 수도 있고, 또……."

그녀는 눈웃음을 지으며 말을 이었다.

"여자의 마음을 얻게 해주는 능력을 얻을 수도 있겠죠."

"전 살아생전 딱히 그런 걸 바란 적 없습니다."

바랄 필요가 없었다.

"그건 모르는 일이죠."

그러면서 짓궂게 웃는 그레모리.

두근!

그 모습을 본 이신은 심장이 뛰었다. 그리고 두근거림을 느끼는 스스로에게 다시 놀랐다.

'설마 그레모리를 볼 때마다 느낄 수밖에 없는 이 감정이 영향

을 주는 건 아니겠지?'

단탈리안 앞에서 안대와 귀마개를 착용해야 할 정도로 존재감이 강렬했듯이, 그레모리 역시 악마군주였다.

그녀의 매력은 이신의 냉정으로도 버틸 수 있는 수준이 아니었기에 마음이 흔들릴 수밖에 없었다.

그나마 이신 정도 되는 평정심이었기에 이 정도 선에서 그치는 것. 일반인이었다면 진즉에 사랑에 빠져서 모든 것을 다 바치려 들지도 몰랐다.

이신은 복잡한 기분이 되었다.

자신에게 어떤 능력이 생길지 예측할 수가 없었다.

*　　*　　*

"선생님."

아스라이 낯익은 목소리가 들렸다.

"선생님, 일어나세요."

눈을 떠 보니, 침대 위였다. 이신을 흔들어 깨운 차이는 웃는 낯으로 말했다.

"아침 식사 하세요."

"어."

이신은 부스스 침대에서 몸을 일으켰다.

"어라? 웬 반지예요?"

차이는 이신의 오른손 검지에 끼워진 큼직한 은색 반지를 보고 물었다.

“선물 받은 거야.”

“아하, 멋지게 생겼네요. 그런데 마우스 클릭하는 데 안 불편하세요?”

“몰라.”

반지에 대해서는 더 말하기 싫다는 뜻이 다분한 성의 없는 대답. 눈치 빠른 차이는 냉큼 화제를 돌렸다.

“비지찌개를 했는데 입맛에 맞으실지 모르겠네요.”

“비지찌개? 그런 것도 할 줄 알아?”

“어머니께 한국 요리를 많이 배웠어요. 한국에서는 태국 남자들처럼 게으르면 굶주린다면서 많이 가르쳐 주시더라고요.”

“그래.”

“아, 어머니가 선생님 팬인데 사진과 사인 부탁드려도 될까요?”

부엌에 가 식탁에 앉은 이신이 의아해져서 되물었다.

“그걸 왜 이제야 말하지?”

“싫어하시잖아요. 사진 찍는 거요.”

이신은 어깨를 으쓱했다.

“괜찮아. 찍어.”

“헤헤, 감사합니다.”

차이는 이신의 옆에 붙어서 스마트폰으로 셀카를 찍었다. 이미 주디가 자주하는 짓이라 이제는 개의치 않는 이신이었다.

“어머니께서 e스포츠를 좋아하셔?”

“아뇨.”

차이는 웃으며 말을 이었다.

"잘생긴 남자 좋아하세요. 돈이 많으면 더 좋고요. 그래서 아버지랑 결혼했대요."

"……."

식탁에 마주보고 앉아 식사를 시작했다. 비지찌개는 굉장히 맛이 좋았다.

식사를 마치고 샤워를 마친 이신은 옷장에서 옷을 대충 챙겨 입었다.

설렁설렁 아무거나 꺼내 입은 것 같은데도, 블랙진에 셔츠, 헤링본 재킷을 매칭한 패션이 되었다. 이신교 대사제가 보내준 코디 문자를 사전에 받은 덕분이었다.

"다녀오세요."

"오늘은 집이야?"

"네. 온라인으로 제미니 팀 선수들과 연습을 하기로 했어요."

고개를 끄덕인 이신은 밖으로 나섰다. 지하 주차장에서는 운전사 정상범이 롤스로이스를 대기시켜 놓은 상태였다.

"자, 그럼!"

차이는 활기차게 식탁을 정리하고 컴퓨터 앞에 앉아 이신과 찍은 사진을 자신의 개인 블로그에 올렸다. 차이는 블로그와 트위터, 페이스북 등을 활발히 하는 편이었다.

이신도 이미 이를 알고 있었고, 자신에 대한 내용을 게시하는 것을 허락한 상태였다.

블로그에 올린 사진은 트위터와 페이스북에도 연동되어 함께 올라갔다.

이윽고 폭풍 같은 네티즌들의 댓글 공세가 이어졌다.

—헐, 진짜 이신이다!

—꺄악! 오빠 막 일어나서 부스스한 사진이야!

—정녕 완전체란 말인가;; 막 일어나서 부스스한 것까지 존잘이라니!

—신은 불공평하다. 아, 하긴 저 사람이 신이지;;

—아침부터 안구정화 쩌네요. 감사합니다!

—이분 블로그 글 보면서 정말 창작 팬픽 소설 잘 쓴다고 생각하고 있었는데, 진짜였다니;;;

—정말로 이신이랑 동거 중?

—헐, 쩐다.

—이신한테 제자가 또 생겼다고 그랬음. 이신교 광신도들 사이에서는 이미 잘 알려진 이야기.

—진짜다 가짜다 말 많았는데 논란 종식!

—근데 차이 님도 잘생겼다♡ 귀여워!

—신 님이랑 잘 어울려 꺄악!

—이신 끼고 있는 반지 어디 껀지 아시는 분?

—반지 멋있다!

—이신 형님은 파자마에 반지를 끼고 있어도 간지ㅠㅠ

—사진 보기 전에는 BL 팬픽인 줄 알았던 1人

—2人

—이런 더러운 분들이! 3人

차이는 네티즌의 반응을 보며 키득거렸다.

반응은 점점 거세져서 인터넷 언론에까지 그 사진이 소개될 지경에 이르렀다.

그렇게 집에서 인터넷을 하며 한가롭게 아침을 보내고 있을 때였다.

띠리링, 띠리링.

문득 오피스텔 건물 현관과 연결된 인터폰이 울렸다.

"누구세요?"

차이가 인터폰을 받았다. 인터폰 화면에는 두 여성이 보였는데, 한 명은 젊은 여성, 또 한 명은 중년의 여성이었다.

—어머? 거기 신이네 집이 아닌가요?

"맞습니다. 선생님은 지금 부재중인데, 누구시죠?"

—아, 저는 신이 친척 누나고 이분은 어머니 되세요.

"친척 누나와 어머니요?"

차이의 두 눈이 휘둥그레졌다.

친척 누나라는 여성은 스마트폰을 만지작거리더니 페이스북에서 롤스로이스 팬텀을 탄 그녀의 사진을 띄워 보여주었다. 그 옆자리에 탄 사람은 분명 이신이었다.

"아, 정말이시네요."

차이는 인터폰 버튼을 눌러 현관문을 열어주었다.

방문한 두 여성은 바로 채정아와 이신의 어머니였다.

"차이가 누구예요?"

함께 연습을 하던 주디가 문득 물었다. 쉬는 시간에 인터넷 뉴스로 뜬 차이의 사진을 본 것이었다.

막 자다 일어난 이신과 찍은 사진이 주디의 가슴에 불을 질러 놓았다. 저 투 샷 포지션은 자신만의 것이어야 했다.

"내 제자."

"저는요?"

"내 제자."

이신은 덤덤히 대꾸했다.

"같이 사는 거예요?"

"어."

순간 주디의 얼굴이 뾰로통해졌다. 물론 그러거나 말거나 이신은 전혀 신경 쓰지 않았다.

주디가 다시 말했다.

"저도 갈래요."

"어딜?"

"코치님 댁이요. 놀러가도 되죠?"

"놀러?"

이신의 눈살이 찌푸려졌다. 주디는 냉큼 말을 바꿨다.

"연습하러 가도 돼요?"

"돼."

이신은 주디의 32강전 첫 상대가 신태호라는 것을 떠올리고는 승낙했다. 이신이나 차이나 다 인류 플레이어니 신태호를 대비한 연습을 할 수 있을 터였다.

주디는 주먹을 불끈 쥐고 소리 없이 기뻐했다.

그날, 저녁 식사와 체력 단련이 끝난 뒤에 이신은 방진호 감독에게 허락을 받았다.

"주디는 오늘 집에서 훈련시키겠습니다."

"네 집?"

"예."

"그 집에 네 제자가 또 한 명 있다고 했지?"

방진호 감독이 차이에 대해 언급을 했다.

"예."

"왜 안 데려와?"

"아직 실력이 많이 부족합니다."

"우선 연습생으로 받으면 되잖아. 실력 올라오면 선수 계약 하는 거고."

방진호 감독도 차이에게 관심을 보이고 있었다. 이신이 제자로 삼은 자질이라면 분명 대단한 인재임이 틀림없으니까.

이미 신의 제자 주디로 이신의 코칭 능력은 입증되었고, 역시 가르침을 받은 정다울도 팀의 전력 중 하나가 되었다.

하지만 이신은 고개를 저었다.

"그건 안 됩니다."

"왜?"

"MBS가 저를 오래 붙잡고 있을 거라고 생각되지 않습니다."

"…새끼, 돌려 말할 줄을 모르네."

"아직 감독님이 관심 가질 정도는 아닙니다."

"알았어. 가 봐."

"예."

이신은 주디와 함께 연습실을 떠났다. 그런 둘을 보며 방진호 감독의 표정은 쓸쓸해졌다.

서운함이 아니라, 저 둘을 붙잡아둘 수가 없는 현실이 싫어서였다.

e스포츠의 새로운 가능성에 대해 암만 떠들어봤자 이게 현실이었다.

애들 공부 방해된다는 등의 헛소리를 하며 끝끝내 게임을 천대하는 풍조 말이다.

보수적인 MBS 방송국 경영진이 e스포츠를 홀대하는 것도 그런 풍조 때문이었다.

*　　　　*　　　　*

주디와 함께 집에 돌아와 보니 의외의 풍경이 연출되어 있었다. 차이와 채정아, 그리고 어머니가 즐겁게 이야기를 나누고 있는 모습이었다.

"어, 신아! 왔어?"

채정아가 활기차게 손을 흔들어 보였다.

살짝 고개를 끄덕여 알은체한 이신은 어머니를 응시했다. 어머니는 이신을 보더니 어색함을 내색하지 않고 말했다.

"이제 왔니?"

"예."

이신은 가볍게 대꾸했다. 예전과 달리 어머니를 대하는 그의 태도에 거부감이 없었다.

"찬거리랑 이것저것 냉장고에 갖다 놨다. 네 성격에 끼니를 인스턴트로 대충 때울까 봐 걱정했는데, 다행히 저 애 덕에 잘 챙겨 먹고 다니는구나."

"예."

"식혜도 갖다놨어. 단것을 싫어하는데 당 떨어지면 머리 안 돌아간다고 억지로 군것질했잖니. 그나마 식혜는 입맛에 맞지?"

이신은 고개를 끄덕였다.

워낙에 입이 짧은 이신은 군것질을 싫어하는데, 그나마 입맛에 좀 맞는 게 어머니가 직접 만들어준 식혜였다. 채정아는 그런 모자의 모습을 흐뭇하게 바라보았다.

그때, 차이가 주디를 발견하고는 알은체를 했다.

"어? 주디스 레벨린 선수죠?"

"네……."

주디는 차이를 물끄러미 바라보았다. 이신의 두 제자가 서로를 처음 만난 순간이었다.

그제야 어머니도 채정아도 주디를 바라보았다.

"그 주디라는 선수 맞니?"

"네."

어머니의 물음에 이신이 고개를 끄덕였다.

주디는 쪼르르 다가와 수줍게 인사했다.

"안녕하세요."

"그래……."

어머니도 떨떠름하게 인사했다. 영락없는 외국인 소녀와 마주하자 긴장된 탓이었다. 게다가 이신이 누군가를, 그것도 여자를 집에 데려온 것에도 놀랐다.

"둘이 무슨 사이야?"

이럴 때 나서는 건 역시 정신 사나울 정도로 활기찬 채정아였다. 대번에 주디의 얼굴이 붉게 달아올랐지만, 이신은 가볍게 대꾸했다.

"내 제자야."

이신은 차이와 주디에게 연습 게임을 준비하라고 지시했다. 여분의 컴퓨터가 더 있었기 때문에 두 사람이 겨룰 수 있었다.

채정아와 어머니는 아직 나이가 어린 두 사람이 진지한 모습으로 돌변해 맹렬히 집중하는 모습을 보며 놀랐다. 특히, 이신만큼은 아니어도 손이 매우 빠른 차이가 키보드를 두들기는 모습은 마치 피아니스트 같았다.

그에 비해 여자인 탓인지 더 손이 느린 주디. 언뜻 보면 주디가 질 것 같았지만, 상황은 정반대였다.

막 데뷔한 신인이어도 프로 팀 1군 주전인 주디였다.

손은 느리되 놓치는 것 없이 필요한 조작을 모두 하면 그건 느린 게 아니었다.

차근차근 차이의 동향을 파악하면서, 차이가 노리는 틈새를 하나둘 메워 나갔다.

노리던 바가 모조리 막힌 차이는 판도를 결정짓는 큰 싸움을 벌이지 않았음에도 패배에 도달했다.

할 게 없었다. 무언가 해볼 수 있는 것이 생각나지 않은 채, 상대가 먼저 움직여 주기를 기다리는 수밖에 없는 상태.

프로게이머라면 누구나 겪게 되는 경험이었다.

주디는 총공세로 차이를 격파해 승부를 마무리하였다. 프로다운 깔끔한 운영이었다.

"역시 잘하시네요."

차이는 패배의 아픔을 추스르며 감탄했다.

"고마워."

주디는 싱긋 웃으며 화답했다.

"선생님, 제가 왜 진 거죠?"

"읽혔어."

"의도를요?"

이신은 고개를 끄덕였다.

"어린애의 거짓말을 어른은 금방 알아채는 법이지."

"나이를 먹지 않으면 이길 수 없다는 말씀이신가요?"

차이가 입술을 삐죽 내밀며 물었다.

"거짓말도 해볼수록 늘어. 계속 거짓말을 밥 먹듯이 해서 사기꾼이 되어야지."

"알겠어요. 아주 못된 사람이 될게요."

그리 답하며 차이는 웃어 보인다. 어머니와 채정아는 그것을 보며 아연실색했다.

"휴우, 역시 게임을 좋아할 수는 없을 것 같구나."

어머니는 한숨을 쉬며 말한다.

"경쟁이란 그런 겁니다."

이신은 짤막하게 대꾸했다.

그도 어머니가 게임을 좋아해 달라고 요구하지는 않았다.

다만 존중해 줄 것. 모자간에 타협점을 찾은 것이었다.

"늦었다. 이만 가보마."

"차 대기시켜 놓았습니다."

"롤스로이스? 그거 너무 좋아!"

반색하고 좋아하는 채정아. 올 때는 택시 타고 왔던 두 사람이었다.

"가끔은 집에 오고 그러렴."

어머니가 말했다.

"싫습니다."

이신은 바로 대답했다. 어머니는 섭섭해하기보다는 한숨을 쉬었다.

"그럴 땐 말이라도 알겠다고 하는 거란다."

"……."

"대체 누굴 닮아서 저러는지."

도리도리 고개를 젓는 어머니의 행동에 채정아가 깔깔거리며 웃었다.

이신과 제자 두 사람은 현관까지 마중 나왔다. 그런데 어머니가 구두를 신으려 할 때였다.

쿠웅!

그만 삐끗 균형을 잃고 어머니가 옆으로 넘어지고 말았다.

"어머!"

"어!"

모두가 화들짝 놀랐다. 큰 소리가 나면서 어머니의 머리가 벽에 들이받혔기 때문이었다.

이신은 거의 반사적으로 득달같이 달려와 어머니를 붙들어 일으켜 세웠다.

"괜찮아요?!"

이신은 어머니의 머리를 문지르며 물었다. 그렇게 다급한 그의 태도는 모두가 처음 보는 것이었다.

바로 그때였다.

스르륵—

구슬 형태로 뭉쳐져 있었던 몸속의 마력이 꿈틀거리며 움직였다.

실타래가 풀리듯이, 한 줄기의 마력이 이신의 손으로 전달되었다. 그리고 따스한 온기로 화(化)하여 어머니의 머리로 스며들었다.

'……?!'

그것을 행한 이신 본인도 화들짝 놀랐다.

자기도 모르게 생전 해본 적도 없는, 인간이 할 수도 없는 불가해한 짓거리를 당연하게 펼친 것!

더 놀라운 것은 다음에 나타났다. 어머니가 머리를 흔들고는 금방 이신의 도움을 받아 일어난 것이다.

"어휴, 큰일 날 뻔했구나."

"외숙모! 괜찮아?"

채정아가 기겁을 하며 물었다.

어머니는 웃으며 고개를 끄덕였다.

"괜찮아, 호들갑 좀 떨지 마라. 볼썽사납게 좀 자빠진 것 갖고."

"머리 부딪쳤잖아!"

"그러게 말이다. 세게 안 부딪쳤으니 걱정 마라. 하나도 안 아프다."

"한 번 봐봐!"

채정아는 발을 동동 굴리며 어머니의 머리를 살폈다.

다행히 어머니의 머리에는 혹 하나 없었다.

"외숙모, 정말 안 아파? 일부러 참고 있는 거 아니지?"

"얘는, 아프면 아프다고 하고 병원 가서 검사를 받겠지. 뭐 심각한 일이라고 숨겨?"

"하긴 그도 그러네. 아무튼 조심 좀 해! 심장이 멎을 뻔했네!"

"그래도 자빠지니까 아들 녀석이 걱정을 다 해주네."

"……."

이신은 아무런 대꾸도 하지 않았다. 하지만 모두들 이미 보았다. 안색이 변해서 뛰어들던 이신의 모습을 말이다. 이러나저러나 그래도 어머니를 사랑하고 걱정하는 아들의 모습이었다.

"어이구, 아주 호강하셨네."

"얘는."

그렇게 해프닝이 일단락되고 두 사람은 집을 떠났다.

손님이 돌아가자 이신은 주디와 차이에게 연습을 시킨 뒤에 방에 들어가 홀로 생각에 잠겼다.

'방금 그건 뭐였지?'

마력이 움직이더니 손에서 따뜻한 기운이 발출되었다. 그리고 어머니의 다친 머리가 순간적으로 치유되었다.

그것은 즉…….

'능력이다!'

한 번 더 실험을 해보기로 했다.

커터 칼로 팔뚝에 살짝 상처를 입혔다. 그리고 오른손을 상처에 가져다댔다. 아까 어머니를 치유했던 느낌을 떠올리며.

화악!

또다시 마력이 따스한 온기로 변해 상처에 스며들었다.

커터 칼이 만든 빨간 실선 같은 상처가 삽시간에 아물었다.

문질러 봐도 상처가 있었던 흔적조차 없었다. 그제야 이신은 완전히 확신을 할 수 있었다.

'치유 능력이구나.'

악마로서 각성한 이신의 고유 능력은 바로 그레모리와 비슷한 치유 능력이었다.

짐작이 가는 부분이 있었다.

손목을 다쳤을 때, 이신은 간절히 회복을 기원했다. 다시 게임을 하고 싶다는 염원뿐이었다. 지금껏 살아오면서 그때처럼 간절했던 적이 없었다.

바로 그 경험과 바람이 영향을 주어 이신의 고유 능력이 판정된 것이다.

'장각이 그랬듯이 나도 서열전에서 빙의를 통해 능력을 쓸 수 있다는 것이군.'

이신은 많은 생각이 들었다.

마계 서열전의 휴먼 종족은 스페이스 크래프트의 인류와 비슷했지만, 아주 큰 차이가 있었다.

서열전의 휴먼 종족은 초반에 턱없이 약하다는 것. 그 약함의 원인은 바로 의무병이 없다는 점이었다.

보병과 의무병의 조합으로 괴물을 상대로 강력한 위력을 발휘하는 인류.

그러나 서열전의 휴먼은 의무병이 없었는데 이 능력이라면 그 단점을 극복할 수 있었다.

이신이 직접 사도에게 빙의하여 스페이스 크래프트의 의무병처럼 치유를 발휘하면 말이다.

'다음에 서열전을 치르게 되면 실험해 봐야겠군.'

그걸 시도하려면 사도들 중 한 명에게 빙의 능력을 부여해야 했다.

질 드 레에게는 이미 전군시야라는 능력이 부여된 상태.

이존효는 이신이 빙의하기에는 무위가 너무 아까웠다.

콜럼버스는 초반에 정찰을 해야 했고, 정찰 중에 죽을 일이 다

반사였다.

'새로운 사도를 알아봐야겠군.'

일단은 그렇게 능력에 관한 문제는 결론을 내렸다.

이젠 마계 쪽 일은 신경을 끄고 개인리그에 집중할 때였다.

제2장

진출

개인리그 본선은 다음과 같이 진행된다.

조별로 2명씩 짝지어 경기를 치러 2명의 승자와 2명의 패자를 낸다.

승자 2명이 서로 붙어 승자전을 치르고, 패자 2명도 서로 겨뤄 패자전을 치른다.

승자전의 승자는 16강 진출. 패자전의 승자는 승자전의 패자와 겨뤄서 16강 진출을 다툰다.

그렇게 8개 조에서 2명씩 16강 멤버가 결정되면, 토너먼트 방식으로 최종 우승자를 뽑게 된다.

본선 첫날은 1조, 2조, 3조의 경기였다.

총 6차례의 경기를 통해 12명의 선수가 승자전 진출자와 패자전 진출자로 나뉘게 된다.

2조의 시드권자 신태호에게 지명된 주디도 오늘 경기를 치러야 했기에 이신과 함께 용산 e스포츠 센터에 도착했다.

"꺄아아악!"

"오빠!"

이신의 롤스로이스 팬텀을 금세 알아보고 벌 떼같이 모이는 팬들.

오늘 경기에 출전하는 주디를 위해 함께 경기장에 올 거라는 사실을 이신교의 광신도들은 이미 알고 있었다.

이신과 주디가 함께 내리자 팬들의 환호성이 더 커졌다.

"길 좀 비켜주세요!"

정상범이 안간 힘을 쓰며 길을 뚫어보려 했지만 혼자서는 역부족이었다.

이신을 만져 보기라도 하겠다고 다들 손을 뻗고 스마트폰 카메라로 찍어대고 난리도 아니었다.

주디와 함께 경기장 대기실 안으로 들어왔을 때, 두 사람은 이미 녹초가 되어 있었다.

"컨디션 추슬러."

"네."

두 사람은 선수 대기실에서 휴식을 취하며, 개인리그 본선의 스타트를 끊은 1경기를 모니터 화면으로 관람했다.

1경기의 주인공은 바로 1조의 시드권자, 철벽괴물 박영호. 그리고 그의 지명을 받은 오창수.

두 사람 다 괴물 플레이어였다.

괴물 대 괴물전.

종족 특성상 초반에 승부가 끝나 버리는 양상이 다반사라 팬들이 아주 싫어하는 경기였다.

하지만 일부 괴물 대 괴물전의 마니아층도 있었는데, 한 타의 싸움에 승부가 나버리는 일합대결이 매우 스릴 있었기 때문. 전술과 컨트롤이 승부를 가르는 포인트가 되는데, 박영호가 오창수를 지명한 이유가 바로 거기에 있었다.

오창수가 딱히 실력이 부족한 상대는 아니었지만, 컨트롤과 전술에 있어서 박영호는 세계 정상급이었다.

전략적인 선택지가 많이 제한되어 있는 괴물 대 괴물전에서는 무조건 이긴다는 박영호의 마인드였다. 아니나 다를까.

—오창석 GG!!

—컨트롤의 진검승부에서 완벽하게 이긴 박영호 선수입니다!

쐐기충과 폭탄충이 뒤섞인 공중전에서 박영호는 오창석을 완벽하게 제압했다.

"잘하네요."

주디는 박영호의 컨트롤 능력을 보며 감탄했다.

"현란하진 않지만, 필요한 순간에 필요한 조작을 정확하게 하는 거야."

이어서 2경기가 펼쳐질 때도 이신은 주디에게 경기 상황에 대해 부연 설명을 해주었다. 주디는 눈을 동그랗게 뜬 채 열심히 가르침을 받았다.

그리고 마침내 3경기, 주디의 차례가 왔다. 신태호와의 대결이었다.

여기서 지면 패자전을 치러 이기고도 또 한 번 이겨야 비로소 16강행 티켓을 딸 수 있다.

"부담 갖지 말고 해. 본선 진출만으로도 목표는 달성했어."

애당초 프로리그 전용으로 키운 주디였다. 정석 플레이만 할 줄 아는 주디의 한계는 개인리그에서는 좋은 성적을 기대하기 힘들게 했다.

5판 3선승제처럼 여러 차례 겨루는 다전제에서는 전략적인 수 싸움도 매우 중요했기 때문이다.

때로는 과감하게 도박을 걸 줄도 아는 배짱이 있어야 우승까지 갈 수 있다. 주디는 그러기에는 아직 한참 부족했다. 아니, 사실 지금도 충분히 신인으로서는 대성공이었다.

그 수많은 선수들이 득시글거렸던 예선을 뚫고 이렇게 본선에 진출한 32인에 속하게 되었으니 말이다. 그것만으로도 충분히 대단한 일이었다.

'주디는 이걸로 충분해.'

여성 프로게이머로서 최초로 개인리그 본선 무대에 진출시키는 것. 그것이 스승으로서의 이신의 목표였고, 주디는 기대에 부응해 주었다.

지금부터는 보너스나 다름없었다.

"16강에 가면요?"

주디가 문득 당돌하게 질문을 했다.

"기대 이상의 성과지."

"그럼 저 잘한 거죠?"

"어."

"그럼 상으로 제 소원 하나 들어주시면 안 돼요?"

그 말에 이신은 순간 자신에게 패배해 소원을 들어줘야 하는 악마군주의 심정을 깨달았다.

"…알았어."

"반드시 이길게요."

주디는 단호하게 말하며 스태프의 안내를 받으며 무대로 나섰다.

—자! 1조에서는 이미 승자와 패자가 모두 결정되었고, 이제 2조의 경기가 시작되려고 합니다!

—둘 다 나이가 어린 선수들입니다. 하지만 커리어로 보았을 때 신태호 선수는 주디 선수보다 훨씬 앞서나가고 있습니다.

—아, 물론이죠!

—지난 전반기와 작년 후반기 개인리그에서도 좋은 성적을 연속으로 거둬서 자기 실력을 팬들에게 입증시킨, 명백한 톱클래스의 선수입니다. 반면에 주디 선수는 이제 막 데뷔한 탓에 아직 자기 실력을 좀 더 증명해야 합니다!

—신의 제자로 유명한 주디 선수입니다만, 바로 그 스승 이신 선수의 존재감도 이번 대결에서 중요한 역할을 할 겁니다. 이신 선수가 어떤 전략을 준비시켰을지 모르는 일이거든요.

—아무튼 인류 대 인류전에다가 두 선수 모두 장기전에 능합

니다. 이번 3경기는 아주 긴 장기전이 될 것 같다는 생각이 드네요.

그렇게 경기가 시작되었다.

괴물 대 괴물전이 싱겁게 끝나 버리는 양상이라 싫어한다면, 인류 대 인류전은 필연적으로 방어에 능한 종족 특성상 지루한 장기전 양상이 되기 때문에 팬들이 싫어했다.

물론 예외는 있다.

게임의 신, 이신.

이신은 알아도 막을 수가 없는 견제 플레이로 매 순간순간 보는 이로 하여금 롤러코스터 같은 아찔함을 느끼게 했다. 하지만 신태호와 주디는 이신이 아니었다.

두 사람은 아주 작정하고 게임을 장기전으로 몰고 갔다.

맵을 동서로 갈라 양분한 채 동일한 숫자의 확장 기지를 돌리며 인구수 제한까지 꽉 찬 병력을 운용했다.

두터운 방어선을 장벽처럼 두른 채 벌이는 신경전. 끊임없이 레이더를 부려가며 상대의 동향을 살폈다.

포진한 상대의 기동포탑 사거리를 재며, 사거리에 닿지 않는 아슬아슬한 지점까지 전진.

먼저 공격을 시도했다가 손해를 입으면 전세가 삽시간에 기울어지므로, 신태호도 주디도 공격을 시도하지 못했다.

급기야, 인류의 최종, 최강의 유닛인 전함(戰艦)까지 등장하고야 말았다.

1시간 경과. 이제 전 맵을 통틀어 자원이 조금도 남지 않게 되었다.

대공포로 전 맵을 도배해서 전함으로도 함부로 공격을 시도할 수가 없었다.

—이야, 아무리 인류 대 인류전이라지만 이런 경기는 처음 봅니다. 두 선수들 좀 보세요! 둘 다 지겨워서 죽으려고 해요!

—아하하! 주디 선수가!

주디는 양손으로 턱을 괸 채 화면을 멍하니 쳐다보고 있었다. 좌측 하단의 미니 맵만 봐도 아무런 변동이 없는 상황을 확인할 수 있었다.

관객들이 와하하 웃었고, 주디의 팬인 남자들의 함성도 울려 퍼졌다.

신태호의 표정도 썩 좋지 않았다. 혀를 차며 고개를 저을 뿐이었다.

결국 경기가 일시 정지 되고, 스태프들이 두 선수의 부스로 들어왔다.

—예, 방금 결과가 나왔습니다. 두 선수가 모두 동의한 관계로, 잠시 후에 재경기가 시작될 예정입니다.

—이야, 주디 선수. 신태호 선수를 상대로 한 장기전에서 이만큼이나 경기를 끌고 올 줄은 몰랐네요. 저력이 있어요!

10분의 휴식 시간이 주어졌다. 선수 대기실에 돌아온 주디는 이신의 눈치를 보았다.

이신은 손짓해서 주디를 옆에 앉혔다.

"잘했어."

"잘했어요?"

주디의 눈이 동그래졌다.

"어. 다음 재경기도 그대로 해."

"또 길어져도요?"

"네가 제일 잘하는 운영으로 했으니까 신태호랑 비등한 거야."

이신은 단호하게 말했다.

"질 바에는 100시간이고 싸워 버려. 뭐라고 그러면 내가 시켰다고 해."

"네!"

용기를 얻은 주디는 다시 부스로 돌아갔다.

재경기가 시작되었다.

주디의 빌드 오더는 변하지 않았다.

병영을 짓고 바로 앞마당에 확장 기지를 가져갔다. 병영은 건물을 띄워 신태호의 진영으로 날려 보냈다.

병영 유닛을 뽑을 일이 없었기 때문에 건물을 정찰로 써먹는 것이 인류 대 인류전에서는 일반적이었다.

기갑 정거장 2개를 건설하고 기동포탑을 뽑았다. 포격모드까지 완료된 기동포탑을 맵 중앙의 길목에 배치해 방어선을 그어버렸다.

관객석에서 나직한 신음이 흘러 나왔다.

—이거 또 장기전 냄새가 나고 있죠?! 주디 선수 뚝심 있습니다!

—쉬는 동안 이신 선수에게 지시를 받았을 텐데요, 이신 선수

의 판단은 똑같습니다!

—상대는 머신이라 불릴 정도로 장기전에 능한 신태호 선수인데요. 누가 이기나 한 번 해보자고 말하고 있는 겁니다!

신태호는 스텔스 전투기를 뽑으며 변화를 주었다. 하지만 그 낌새를 알아챈 주디는 공중 공격에 강한 기계보병을 뽑고, 본진과 확장 기지에 대공포를 때려 박았다.

신태호는 건드릴 만한 곳을 찾지 못했다.

'씨발.'

짜증이 치밀었다. 전판 못잖은 장기전의 향기가 나고 있었다.

싸움을 먼저 건 쪽은 주디였다.

아니, 정확히는 걸게 만들었다.

확장 기지를 과감하게 2개나 늘려 버린 것이다. 그중 9시는 양 진영의 방어선에 걸친 지역이라 공격 받기 쉬웠다.

가만히 주디가 확장 기지 2개를 돌리게 놔둘 신태호가 아니었다.

'잘 걸렸다.'

신태호는 병력을 이끌고 9시를 쳤다.

9시 지역은 언덕 위에 주디의 기동포탑들이 배치되어 있었지만, 숫자는 신태호 측이 훨씬 많았다. 물론 주디도 9시를 지키기 위해 추가 병력을 파견.

그러나 신태호는 그 추가 병력이 도착하기 전에 9시를 밀어버릴 생각이었다.

그런데 바로 그때였다.

'어?'

신태호는 흠칫했다.

9시 진영에 주디의 전술위성 2기가 나타난 것.

파앗! 파팟! 팟!

전술위성 2기는 주디의 기동포탑 4기에 잇달아 디펜시브 실드를 걸었다.

데미지를 덜 받는 언덕 위 지형. 데미지를 흡수해 주는 디펜시브 실드.

신태호는 쉽사리 9시를 격파할 수가 없게 되었다.

신속하게 9시를 밀어버리고 빠지려 했던 신태호의 계획이 어긋났다. 그리고 주디의 후속 병력이 측면에서 덮쳤다.

—주디 선수의 후속 병력이 신태호 선수의 병력을 덮칩니다!

—아, 이거 안 좋은데요? 주디 선수의 진형(陣形)이 더 좋아요!

—9시는 미끼였어요! 끌어들이고서 싸먹을 생각이었어요! 전술위성을 활용한 디펜스로 신태호 선수의 공세를 늦춰놓은 뒤에 유리한 진형으로 큰 싸움을 시작! 와, 정말 주디 선수, 훌륭합니다!

신태호도 훌륭했다. 그 순간 전 병력을 후퇴시켰으니 말이다.

하지만 하필이면 그날 주디는 퍼텐셜이 폭발한 상태였다.

주디도 병력을 끌고 후퇴하는 신태호를 악착같이 뒤쫓았다. 간신히 진형을 재정비한 뒤에 다시 싸우는 신태호. 주디도 살짝 물러나 기동포탑들을 포격모드로 전환시켰다.

결과적으로 신태호의 방어선이 크게 뒤로 밀려난 형세가 되었다.

방어선이 흐트러지는 바람에 11시 지역으로 향하는 루트가 열렸다.

11시 지역은 신태호의 매우 중요한 확장 기지였다. 주디의 고속전차 한 부대가 11시로 질주했다.

그리고…….

—주디 선수, 계속 11시를 가만 놔두지 않고 괴롭힙니다!

—아, 정말 집요해요! 그래야 이기거든요! 신태호 선수는 어떻게든 버텨야 합니다!

신태호는 끈질기게 11시를 막아내고 수복하면서 '머신(machine)'이라는 별명이 왜 붙었는지를 보여주었다.

하지만 다른 지역의 자원이 점점 고갈됨에 따라, 확장 기지 숫자에서 밀리는 신태호는 점점 궁지에 몰렸다.

그리고 끝내…….

—신태호 선수 GG!

—와아아! 이번 경기는 48분! 전판까지 장장 2시간에 달하는 엄청난 혈투였습니다!

주디는 부스에서 나와 관객석을 향해 두 손을 흔들었다.

함성이 쩌렁쩌렁하게 쏟아졌다.

무승부 후 재대결까지 치르면서 둘이서만 장장 2시간을 싸운 것이었다.

본선 경기 첫날의 주인공은 주디가 차지했다.

다전제도 아니었음에도 재경기까지 가지면서 장장 2시간에 가까운 사투를 벌인, 그런 엄청난 결투 끝에 얻은 승리였다.

임팩트 있는 승리로 인해 주디는 신태호를 실력으로 꺾었다는 명성을 얻을 수 있었다.

신태호가 체면을 구긴 것은 말할 필요도 없었다.

이신의 32강전도 순조롭게 치러졌다. 이신 역시 32강전의 첫 상대는 인류 플레이어 왕찬수였다.

인류 대 인류전.

그러나 이신은 주디와 달리 매우 빠르게 승부를 내버렸다.

집에서 차이와 두고두고 연습했던 전략. 바로 인류 대 인류전에서의 치즈러시였다.

보병과 의무병이 섞인 병력이 건설로봇과 함께 빠른 타이밍에 치고 나왔다.

—치고 갑니다! 치고 나가요!

—세상에, 누가 같은 인류를 상대로 병영 체제로 싸웁니까!

각성제를 흡입하고 돌격한 보병들이 왕찬수의 얼마 없는 병력들을 박살 냈다.

왕찬수는 막 생산된 고속전차 1기와 건설로봇들 다수로 맞섰지만, 이신의 컨트롤이 빛을 발했다.

건설로봇과 의무병이 앞에서 블로킹.

보병들이 상대 건설로봇을 사살하면서, 고속전차가 접근했을 때 재빠르게 일점사격!

게다가 배후로 우회시킨 보병 2기가 안으로 침투해 식량 자원을 채집하던 왕찬수의 건설로봇을 추가로 사냥했다.

왕찬수는 허탈한 얼굴로 GG를 선언해야 했다.

—아, 정말 모르겠습니다! 이신 선수는요!

—제자는 2시간 동안 난투를 벌였는데, 스승은 8분도 안 걸렸어요!

그날 이신이 보여준 신기의 컨트롤은 두고두고 회자가 되었다.

그렇게 32강전은 순조롭게 치러졌다. 이미 신태호라는 큰 벽을 넘은 주디는 승자전에서도 비교적 쉬운 상대인 박진수를 만나 가볍게 이기고 16강을 확정지었다.

이신 또한 승자전에서 만난 CT의 에이스 이철한을 다시 한 번 치즈러시로 꺾으며 16강을 확정지었다. 이번에는 5분도 걸리지 않은 짧은 승부였다.

두 사람 다 순조롭게 32강전을 치를 수 있었는데, 이는 소속 팀 MBS가 포스트시즌에 진출하지 못한 점도 크게 작용했다.

더 이상 프로리그 경기가 없기 때문에 개인리그에 집중할 수 있었던 것이다.

2020년 후반기 개인리그는 여러 가지로 팬들의 기대가 만발했다.

돌아온 이신. 그의 제자 주디.

게다가 유력한 우승후보들도 속속들이 16강 진출을 확정시키기 시작했다.

박영호, 최영준, 신지호 등은 일찌감치 확정지었고, 한 번 패했던 신태호나 이철한 등도 나머지 2경기를 전부 이겨 간신히 16강행 티켓을 거머쥐었다.

가장 의외의 활약을 보여준 선수는 다름 아닌 황병철이었다.

부진한 모습을 계속 보여주던 황병철.

박영호나 최영준 같은 선수도 있었기에 이제는 이신의 유일한 대적자라는 이미지도 사라져 버린 그가 2연승을 거둬 당당히 16강에 이름을 올린 것이었다.

두 경기 모두 10분을 넘기지 않고 끝장을 봐버렸다.

이번 개인리그에서 황병철의 플레이는 상당히 공격적이고 위험했다.

"꼭 이기고 싶은 선수가 있습니다."

황병철은 인터뷰에서 말했다.

"제 모든 걸 걸고서 도전하겠습니다. 그동안 제가 팬 여러분들께 실망스러운 모습을 보여드린 게 사실이지만, 한 번만 더 제 도전을 지켜봐 주셨으면 좋겠습니다."

그 여느 때보다도 날이 서 있는 황병철의 포스는 팬들의 기대를 다시금 자아내게 만들었다.

—이단자가 신의 제자에게 처맞고 빡쳐서 부활!

—저랬는데 16강에서 떨어지면 낭패orz

—병철이 형! 이번에는 좀 잘해봐!

—적수를 전부 압살하던 잔혹한 신의 시대에 유일하게 들고 일어나 맞섰던 황병철 선수! 이단자의 활약을 응원합니다!

—라는 소리를 하는 마케팅의 희생양 1人 등장.ㅉㅉ

—ㅋㅋㅋㅋ황병철이 이신한테 전적이 4승 9패인데 이게 라이벌임?ㅋㅋ

—신을 상대로 4승 거둔 게 어디냐? 다전제에서는 한 판도 못 이겼지만, 그래도 프로리그 경기 때는 간간히 신한테 불의의 일격을 먹이곤 했던 유일한 선수.

—하여간 그 시절의 이신 포스는 정말ㅎㄷㄷ

—이제는 이신의 적수가 꽤 생겼다는 게 문제지. 솔직히 황병철보다는 쌍영이 더 기대됨.

—아무튼 명경기 터져라! 뻥뻥 터져라!

—근데 이번에 이신이 또 무패우승 달성하면 어떻게 될까?

—아, 추억 돋네. 상황이 마치 이신 처음 데뷔했을 때 같다. 그때도 기라성 같은 스타들이 있었고, 설마 무패우승은 못할 거라고 다들 말했는데 결국…….

—아 놔, 이신교도들 왜 이렇게 많아. 아무리 신이래도 무패우승이 말이 되냐? 난 최영준 우승에 한 표.

기대받던 스타가 뜬금없이 광탈당하는 그런 악재 같은 건 없었다.

이신을 비롯해 박영호, 최영준, 황병철, 신지호, 신태호, 이철한 등등 내로라하는 초일류 프로게이머들이 한자리에 모여 있었다.

이번 2020년 후반기 개인리그는 여느 때보다도 흥행할 것이라고 기대를 모았다.

그야말로 한국을 대표하는 별들의 잔치였다.

*　　*　　*

16강 대진표는 무작위 추첨을 통해 이루어졌다.

16인의 선수들과 방청객들이 한자리에 모인 방송국 촬영장에서 추첨식이 이루어졌다.

—16강, 제1경기는 과연?!

사회자가 둥그런 모양의 추첨 기계를 돌렸다. 이윽고 사람 이름이 적힌 작은 공 하나가 출구로 튀어나왔다.

사회자는 그것을 들고 소리쳤다.

—주디스 레벨린!

이신 옆에 찰싹 붙어 앉은 주디가 눈을 동그랗게 떴다. 그리고 다시 한 번 추첨 기계가 공을 뱉었다.

그걸 집어 든 사회자가 짓궂게 물었다.

—주디 선수, 이 공에 적힌 이름이 누구였으면 좋겠습니까?

마이크를 받아든 주디가 약간 수줍어하며 조심스럽게 말했다.

—괴물 선수였으면 좋겠어요.

—아, 종족 상성상 괴물이 그나마 낫다?

—네.

—인류는 싫습니까? 32강전에서도 인류를 상대로 좋은 모습을 보여주셨는데요.

—너무 길어서 힘들어요.

그런 주디의 말에 방청객들이 웃음을 터뜨렸다.

사회자가 소리쳤다.

—예, 바로 주디 선수가 원했던 괴물 선수입니다! 바로, 박! 영! 호!

주디의 얼굴이 당혹으로 물들었다.

박영호는 재미있다는 듯이 박수를 치며 웃었다.

상대가 괴물이 되기를 원했지만, 현존 세계 최고의 괴물이라 불리는 철벽괴물 박영호와 싸우고 싶었던 건 당연히 아니었다.

—원하셨던 그대로 괴물 선수가 뽑혔는데, 이거 참 축하드립니다.

—아, 안 좋아요…….

울상이 된 주디의 말에 웃음바다가 된 방청객들이었다.

—자, 그럼 2경기를 뽑아보도록 하겠습니다.

추첨 기계는 계속 공을 토해냈다. 2경기는 신태호와 진철환이 걸렸는데 두 사람 모두 표정이 안 좋았다.

16강전에서 이긴다 해도 다음 8강에서 박영호를 만나기 때문이었다. 주디가 올라올 리는 없었으니 말이다.

우승후보라 꼽히는 선수들은 골고루 추첨되었다.

신지호는 3경기에, '광전사'라는 별명으로 통하는 신족 플레이어 오광태는 4경기에, 광기신족 최영준은 6경기에 배분됐다.

그런데 7경기에서 놀라운 매치가 성사되었다.

—아아! 이런 매치가 성사됐네요!

사회자가 호들갑을 떨며 소리쳤다. 방청객도 환호를 하거나 비명을 질렀다.

그럴 수밖에 없었다.

7경기 : 황병철, 이신

오랜 숙명의 라이벌이 16강부터 만나 버린 것이었다.

여유를 갖고 미소를 짓는 이신.

하지만 황병철은 웃을 수가 없었다.

32강전의 활약으로 어느 정도 경기력이 올라왔다는 평가를 받은 황병철. 그러나 상대는 이신이었다.

전성기 시절에도 다전제로는 한 번도 이기지 못했던 그 이신을 말이다.

황병철의 얼굴은 딱딱하게 굳었다.

—두 선수, 오랜만에 다시 만났는데요. 소감 한 말씀 듣고 싶습니다.

마이크는 먼저 황병철에게 돌아갔다.

—이렇게 빨리 마주치게 될 줄은 몰랐습니다. 필생의 목표였던 만큼, 기필코 이기겠습니다.

이어서 이신이 말했다.

—황병철 선수가 제 라이벌이라고 말하는 건 이제 진부한 추억팔이일 뿐입니다. 현역 프로라면 추억이 아닌 실력으로 현재를 살아야 합니다.

그 말에 황병철의 입술이 씰룩였다. 굴욕감과 분노를 눌러 참고 있는 모습이었다.

이신의 말이 이어졌다.

—보다 저를 재미있게 해줬으면 좋겠습니다. 이번에도 그러지 못하면, 이제 황병철 선수에 대해 어떤 기대도 하지 않겠습니다.

이신의 신랄한 디스에 황병철과 그 사이에 험악한 분위기가 조성되었다.

사회자는 황병철에게 대답을 요구했다. 마이크를 잡은 황병철이 으르렁거렸다.

—아주 죽여 버릴 겁니다.

16강전 대진 추첨식은 스트리밍으로 생중계되고 있었기 때문에, 이신과 황병철의 대립은 실시간으로 화제가 되었다.

인터넷으로 생중계를 본 차이가 돌아온 이신에게 문득 물었다.

"왜 그렇게까지 도발을 하셨어요?"

"황병철은 원래 열 받을수록 잘해."

"……."

아무렇지 않게 대꾸하고는 자리에 앉아 연습을 시작하는 이신. 차이는 그런 이신을 물끄러미 보며 다시 물었다.

"황병철 선수가 잘하기를 원하시네요."

"어."

"황병철 선수가 선생님을 꺾었으면 좋겠어요?"

"아니."

이신이 말했다.

"날 꺾을 만큼 강했으면 좋겠어. 그래도 지고 싶지는 않고."

"선생님은 참 이상한 분이세요."

"태국에 있을 때, 네 또래 친구들과 스페이스 크래프트를 같이 했어?"

"…아뇨."

또래의 소년들과 차이의 실력 격차가 너무 커서 게임이 제대로 될 리가 없었다.

"그거랑 비슷해."

*　　　*　　　*

—얘, 밥은 잘 먹고 있니?

"응, 아빠는?"

—우린 잘 지낸다. 네가 고생이라서 그렇지.

"고생은 무슨. 내 걱정하지 마."

—어휴, 그래도 전보다는 목소리가 좋아 보여서 다행이다. 역

시 이신이가 복귀하니까 좋지?

"뭔 헛소리야. 그딴 자식이 돌아오든 말든 나랑 뭔 상관인데?"

—걔 때문에 마음고생 심했잖니.

"엄마 혹시 오늘 중계 봤어?"

그러자 어머니의 웃음소리가 들렸다. 황병철은 벌컥 짜증을 냈다.

"아 진짜, 그런 거 보지 말라니까! 그 새끼가 나 까대는 거 보고도 그런 소리가 나와?"

—겁나니?

그 물음에 황병철은 말문이 막혔다.

—또 질까 봐 겁나는 거야?

"그럼 겁 안 나? 그 새끼가 얼마나 악독한 새끼인데. 오늘 인터뷰도 봤지? 이제 또 지면 물러설 곳도 없게 만들어놓는 거."

—그래도 그런 게 좋아서 프로게이머 한 거잖니.

"엄마, 아빠랑 경기 보러 오지 마. 인터넷 중계로도 보지 말고."

—왜?

"보여주고 싶지 않아."

황병철은 서글픔에 몸을 떨며 말을 이었다.

"나도 엄마 아빠 앞에서 최고인 모습 보여주고 싶은데, 노력하면 누구나 다 최고가 될 수 있다고 믿고 싶은데, 세상이 그렇지 않더라."

—…….

“이 세상에는… 태어나서부터 결정되는 계급이 있는 것 같더라. 이길 수 있을 것 같은데, 조금만 더 하면 될 것 같은데, 점점 따라잡기 힘들게 돼. 나도 정말 열심히 해왔는데, 그래도 안 되는 게 너무 분해…….”

눈시울이 붉어졌다.

황병철은 울음을 참았다.

그간의 마음고생들이 어머니의 목소리에 물밀 듯이 밀려왔다.

아무리 강한 척 허세를 부려도, 부모님 앞에서 마음이 약해지는 것은 어쩔 수가 없었다.

—그래도 좋잖니.

“뭐가?”

—그렇게 온 힘을 다해 도전할 수 있는 기회가 있다는 게 말이다.

“…….”

—다들 봐라. 이 세상에 너처럼 그렇게 최선을 다해서 남자답게 싸워본 적이 있는 사람이 몇이나 되겠니? 그렇게 열정을 가질 수 있다는 건 참 좋은 거다.

“그런가?”

—그럼. 엄마 아빠 둘 다 네 경기 보러 가마. 져도 괜찮아. 네가 최선을 다하는 모습 보여주면, 지더라도 네가 자랑스러울 거다.

황병철은 키득거리며 웃었다.

"아들을 벌써부터 패배자 취급하고 있어? 당연히 이겨야지."

그렇게 하루가 흘렀다.

16강전이 다가오고 있었다.

제3장

드라마

16강, 1경기.

주디의 개인리그는 16강에서 마무리되었다.

박영호는 너무 높은 벽이었다. 5판 3선승제의 다전제 경기에서 박영호는 단 한 세트도 주디에게 내주지 않았다.

그야말로 완벽한 승리. 철벽괴물의 포스를 유감없이 보여준 박영호였다.

개인리그가 시작되면서 어쩐지 개그맨 같은 웃기는 이미지를 선보인 박영호였지만, 그 압도적인 경기력으로 다시금 팬들에게 진정한 자신의 모습을 보여주었다.

16강, 2경기.

신태호는 진철환에게 가까스로 3승 2패로 승리를 거두었다.

하지만 다음 8강에서는 박영호를 만나게 되었으므로, 아마도 그의 개인리그는 거기까지라고 팬들은 입을 모았다.

3경기에서는 신지호가, 4경기에는 '광전사' 오광태가 8강에 진출했다. 5경기는 이철한, 6경기는 광기신족 최영준이 승리를 거두어 모든 팬을 즐겁게 했다.

우승 후보로 점쳐지는 스타들이 속속들이 8강에 올라오기 시작한 것이다.

그리고 마침내 7경기가 다가왔다.

황병철 대 이신.

신과 이단자의 승부가 시작되려 하고 있었다.

이신은 방진호 감독과 함께 경기장에 왔다.

"오늘처럼 황병철이 벼르고 별렀을 때는 4벌레 러시도 잘 나온다."

4벌레 러시는 일벌레 4마리에서 더 일꾼을 늘리지 않고 곧바로 바퀴를 뽑아 공격하는 초반의 필살 기습 공격이었다.

"그런 건 안 통합니다."

"인마, 상대 황병철이야. 다른 괴물이 아니라고."

이신의 초반 디펜스는 무시무시할 정도였다.

극강의 건설로봇 블로킹으로 전 종족을 불문하고 상대의 깜짝 치즈러시를 철저히 막아내기로 유명했다. 때문에 이신에게는 치즈러시를 절대로 시도하지 않는 것이 일반적이었다.

장기적인 운영으로 가면 당연하게 지고, 치즈러시도 일절 안 통하니 대책이 없는 것이었다.

그런데 그런 이신에게 유일하게 4벌레 러시를 해서 이겨본 사람이 바로 황병철!

그는 마술 같은 바퀴 컨트롤로 이신의 건설로봇 블로킹을 뚫어낸 유일한 괴물 플레이어였다.

이단자라는 별명은 공짜로 얻은 게 아닌 것이었다.

"아마 맵의 러시 거리가 짧은 2세트에서 시도해 올 겁니다. 그때가 황병철의 종말입니다."

이신은 이미 머릿속에 시나리오가 그려지고 있었다.

1세트는 무난한 운영으로 승리.

2세트는 황병철이 자포자기로 시도한 4벌레 러시를 막고 승리.

3세트는 멘탈이 나간 황병철에게 또 가볍게 승리.

"…이기고 나면 쓸데없는 인터뷰하지 말고."

방진호 감독이 해줄 수 있는 이야기는 그것밖에 없었다. 그 또한 이신이 진다는 게 상상이 가지 않았다.

"이신 선수, 준비해 주세요."

경기장 스태프가 대기실에 들어와 말했다. 고개를 끄덕인 이신은 장비가 들어 있는 게이밍 백팩을 메고 스태프를 따라 나섰다.

문득, 복도 저편의 대기실에서 나오는 황병철이 보였다.

두 사람은 눈이 마주쳤다.

황병철은 잠시 걸음걸이가 멈칫할 정도로 이신을 의식하는 태도를 보였다.

그걸 본 순간, 이신은 거의 육감적으로 자신의 승리를 확신했다.

'많은 것을 의식할 때의 황병철은 약한데.'

분노했을 때 실력이 올라가는 황병철. 그건 분노가 다른 여러 가지 잡념을 전부 태워 버렸기 때문이었다.

이신은 프로게이머 황병철에 대해 황병철 자신보다도 더 잘 꿰뚫어 보고 있었다.

'좀 적극적으로 실수를 노려볼까?'

그리고 두 사람은 각각 무대의 양사이드에서 입장을 했다.

부스 안에 들어가 장비를 세팅하는 동안 바깥에서는 해설진의 목소리와 관객들의 함성이 요란하게 경기장을 뒤흔들고 있었다.

—한국의 모든 e스포츠 팬 여러분, 정말 오래 기다리셨습니다! 작년 후반기 때 치르지 못했던 결승전이 마침내 오늘 펼쳐집니다!

—예, 다시는 만날 수 없을 줄 알았습니다. 이제 영원히 다시 저 둘의 대결을 보지 못할 거라고 생각했습니다! 하지만 돌아왔습니다! e스포츠의 신이 돌아와 다시 황병철 선수 앞에 나타났습니다.

—이신 선수가 돌아오니까 한동안 침체기였던 황병철 선수도 덩달아 살아나려고 하고 있죠? 적수를 본 순간 다시 이단자의 피가 끓기 시작한 겁니다!

그렇게 경기장이 들끓어 오르고 있을 때, 방음된 부스 속의 황병철은 고요한 긴장감을 느꼈다.

키보드와 마우스를 세팅하다가 문득 부스 유리벽 밖을 바라보니, 가장 잘 보이는 앞자리에 부모님이 보였다. 눈이 마주치자 아버지가 힘내라고 두 손을 활기차게 흔들어 보였다. 옆에서 부끄러워하는 어머니의 모습도 보였다.

숨이 턱 막혔다.

신을 타도할 수 있는 유일한 적수.

이단자 황병철.

수많은 수식어로 포장한다 해도, 겁 많고 나약한 자신의 본모습을 부모님을 알고 계신다.

두 분 앞에서, 신이라 불리는 저 거대한 적을 상대로, 자신은 얼마나 잘 싸울 수 있을까?

먹어가는 나이와 함께 철이 들어가면서 점점 근거 없던 패기도 점차 닳고 닳아졌다.

이제는 상상이 가지 않는다.

'내가 이신을 이길 수 있을까?'

게임의 신이라고까지 불린 남자를 무슨 수로 꺾는단 말인가?

왜 자신은 이단자라는 별명이 붙고 신의 라이벌처럼 되었을까?

"아, 씨발. 왜 이래."

황병철은 떨리는 손을 진정시키려 애썼다.

한두 번 경기 무대에 서본 게 아닌데, 이상하게 긴장으로 온몸이 떨렸다.

평정심을 되찾고 평소에 연습했던 대로 플레이를 해야 한다고 되뇌고 또 되뇌는데, 대체 무엇을 연습했던 건지 기억이 잘 안 난다.

"황병철 선수, 준비되셨습니까?"

선수들의 경기 준비를 돕는 부스걸이 물었다.

"예."

황병철은 떨림을 내색하지 않기 위해 노력하며 대답했다.

아직 준비가 되지 않았는데, 신에게 맞설 정신적인 태세가 아직 되지 않았는데, 야속하게도 시간은 계속 흘러 마침내 결전의 순간이 다가왔다.

—Kaiser : Good luck

—predator : GG

가볍게 인사를 나누며, 마침내 1세트 경기가 시작되었다.

다행히 긴장감으로 정신을 차릴 수 없는 와중에도, 손은 반사적으로 일벌레를 움직여 식량 자원을 캐게 하고 하늘군주를 시계 방향으로 정찰을 보냈다.

'그래, 하던 대로. 준비했던 것만 딱 하면 돼. 생각을 비우자. 딱 준비한 것만 그대로 하면 되는 거야.'

이러라고 연습을 하는 거였다. 긴장감으로 몸이 말을 듣지 않아도, 손은 저절로 늘 하던 것을 하도록 말이다.

하지만 그것은 큰 오산이었다.

지나치게 평소대로 하던 나머지, 황병철은 너무 긴장한 탓에 긴장감 없는 플레이를 하고 말았다. 평이하게 3시 부근을 지나던 하늘군주가 대뜸 보병 2명과 만나 버린 것이었다.

타타타타탕!

보병 2명이 열심히 총으로 쏴댔다.

느릿느릿한 하늘군주는 총알을 고스란히 맞아가며 달아나 보려 했다

이때쯤 의례히 정찰을 보낸 하늘군주가 이 지점을 날아갈 거라는 걸 정확하게 파악하고 보병 2기를 보낸 것이다.

'……?!'

순간 아차 싶었다. 하지만 이미 늦었다. 느리기 짝이 없는 하늘군주는 도망칠 수가 없었다.

하늘군주가 죽자 인구수 제한이 갑자기 막혀 버렸다.

하늘군주가 추가로 생산될 때까지 황병철의 유닛 생산은 멈춰 버렸다.

본래 이렇게 이른 시간에 하늘군주를 잃으면 게임이 크게 불리하다.

물론 그걸로 승부가 결정 났다고 보기는 어렵지만, 상대가 이신이면 이 차이가 너무 뼈아프다.

결국,

—아, 이신 선수! 각성제 개발이 완료되자마자 곧바로 치고 나갑니다! 빨라요!

—괴물 플레이어들이 꼭 이 타이밍에 곧잘 인류에게 지곤 하거든요. 하물며 황병철 선수는 아까 하늘군주를 잃어서 운영이 더 꼬였어요! 아직 시간이 더 필요한데, 그 시간을 줄 리가 없죠!

축수탑 3개를 앞마당에 건설해 디펜스 태세를 갖췄다.

하지만 그중 2개가 완성되기 직전에 들이닥친 이신이 그대로 돌입했다.

요란한 총소리. 그리고 현란한 컨트롤.

의무병이 먼저 앞서서 촉수탑의 공격을 맞아주고, 뒤이어 보병이 총을 갈긴다.

이신은 능숙하게 촉수탑을 전부 파괴하고 본진 안으로 대피하려는 일벌레를 학살했다.

—predator : GG

—황병철 선수 GG!

—너무 무난하게 승리를 가져간 이신 선수입니다. 아, 정말 이기는 게 습관이 된 것 같아요.

황병철의 안색은 몹시 좋지 않았다.

마치 이신이 평소 프로리그에서 보통 선수를 만나 가볍게 학살하듯이, 그렇게 무난하게 져 버렸다.

'이래서는 안 돼. 2세트에서 만회하자.'

아무것도 못 해보고 패한 만큼, 보다 확실한 임팩트로 다음 세트에서 승리를 가져와야 한다.

2세트에서 준비한 전략은 촉수충을 먼저 뽑고 바로 괴물주술사를 생산하는 운영 전략과 4벌레 러시 두 가지였다.

그중 황병철은 4벌레 러시를 택했다. 치즈러시에 좀처럼 안 당하는 엄청난 극초반 디펜스를 자랑하는 이신.

'그런 만큼 오히려 허를 찔러야지.'

하지만 황병철은 자각하지 못했다. 자신의 사고가 도박수인 4벌레 러시 선택을 정당화하는 쪽으로 흘러가고 있었음을 말이다.

—갑니다! 황병철 선수 갑니다!

—이신 선수의 정찰과 마주쳤죠! 이신 선수도 건설로봇을 끌고 나옵니다! 블로킹!

그것은 신의 블로킹이라 불러도 과언이 아니었다.

황병철의 바퀴들이 출입구를 막은 건설로봇들을 1기씩 일점사해 잡고 뚫으려 했다. 그러나 이신은 건설로봇들로 서로 고치고 공격하고를 정교하게 컨트롤했고, 뒤에서 보병 1명이 총질을 했다.

"오오오!"

"우와!"

"꺄아아악!"

신들린 컨트롤에 감탄하는 관객들.

황병철도 체력이 닳은 바퀴를 빼가며 심혈을 기울여 싸웠지만, 끝내 뚫어내지 못했다.

이윽고 역습이 이어졌다. 이신은 보병, 의무병을 이끌고 빠르게 치고 들어갔다.

황병철은 러시가 막혔을 때 이미 패배를 직감하고는 멍해져 있었다.

조금의 딜레이도 없었다. 이신은 도착하자마자 곧장 치고 들어가 촉수탑과 앞마당 부화실을 부숴 버렸다.

황병철은 다시 GG를 선언했다.

—아, 또 GG! 이신 선수가 빠르게 2승째를 챙겨갑니다!

—여러 번 공언을 했을 정도로 타도 이신을 위해 벼려왔던 황병철 선수인데요. 이대로 끝나는 겁니까? 그래서는 안 됩니다! 아직 아무것도 보여주지 않았어요!

—신과 이단자의 대결을 오랫동안 기다려 온 팬 분들이 이 자리에 있습니다! 그리고 황병철 선수가 이대로 무너질 선수가 아니죠! 3세트에서 과연 황병철 선수가 어떤 카드를 꺼내 들지, 아니면 이신 선수가 자신의 오랜 적수를 압살하고 8강행 티켓을 거머쥘지, 잠시 후에 뵙겠습니다!

황병철은 부스에서 멍하니 있었다. 꿈인지 현실인지 알 수 없었다.

아무것도 한 게 없는데 현실은 벌써 2패라고, 한 번만 더 지면 끝이라고 말하고 있었다.

'내가 지금 뭐 한 거야?'

믿겨지지가 않았다.

앞으로 1패만 더하면 끝.

0승 3패의 굴욕적인 셧아웃을 당한다.

이리도 허망하게 이 축제에서 퇴장한다는 건 말이 되지 않았다.

'3세트라도! 3세트라도 내가 가져가야 해! 0승 3패는 안 돼!'

머릿속이 복잡하게 꼬여들었다. 본래 준비해 왔던 전략들도, 0승 2패 상황에서 3세트를 맞이할 거라는 전제는 없었다.

'일단 최대한 무난하게……!'

애타게 대책을 강구하는 동안, 3세트가 시작되었다.

—아, 황병철 선수, 정찰 방향도 좋지 않습니다.

—요 3세트에서는 반드시 이겨야 명예회복이라도 할 텐데요.

한 번 꼬이니 계속 꼬이는 것일까.

일벌레를 보내 정찰을 하는 방향까지도 운이 따라주지 않았다.

심지어,

—맙소사! 이신 선수, 8병영!

—정말 잔혹하게 상대의 숨통을 끊을 준비를 합니다!

8번째 건설로봇으로 맵 중앙에 병영을 짓기 시작하는 이신. 치즈러시를 하겠다는 심산이었다.

황병철은 이를 전혀 알지 못했고, 관객석에서 신음이 터져 나왔다.

이제 황병철에게 가장 처참한 엔딩이 새겨질 듯했다. 하지만 그때는 아무도 알지 못했다.

그것이 두고두고 회자될 처절한 혈전의 시작이었음을 말이다.

* * *

사실 3세트에서 이신이 8병영 빌드를 택한 이유는 일찌감치 숨통을 끊어 마무리 짓기 위함이 아니었다.

조금 강력한 견제.

건설로봇들과 일찍 생산된 보병 1명이 함께 공격을 가면, 아직 바퀴가 없는 괴물 측은 일하던 일벌레들이 뛰쳐나와 맞서 싸워야 했다.

바로 그 일벌레들을 죽여서 손실을 입히고, 나아가 일벌레들이 싸우느라 일을 못 하게 만들어 자원 손해까지 입히는 것이었다.

그러면 다소 자원 손실을 입은 괴물을 상대로 보다 원활한 운영을 할 수 있는 것이었다.

하지만 그런 가벼운 견제성의 8병영 치즈러시도, 컨트롤하는 사람이 이신이면 가벼운 잽이 아니게 된다!

그 가벼운 견제만으로 무릎 꿇은 선수들이 한둘이 아니었다.

이신은 그런 존재였다.

과연 황병철이 저 8병영 러시를 제대로 잘 막을 수 있을까?

관객들은 불안을 느꼈다. 지금처럼 내리 2연패해 멘탈이 나간 황병철이 잘 막아낼 수 있을지 불안했다.

못 막으면 이대로 허망하게 끝나 버리는 것이었다.

그것은 '부진'이라 표현되어 온 그간의 실망스러운 행보에 확인사살을 가하는 셈이었다. 이제 부진이 아니라 전성기가 지나 그저 그런 선수로 몰락했다는 뜻이 된다.

이신이 건설로봇 3기와 보병 1명을 이끌고 공격했다.

그 병력이 앞마당에 당도하고서야 황병철은 이신의 전략을 깨달았다.

'이런 개……!'

황병철은 정신이 아찔해지는 기분이었다. 하지만 한두 번 당해보는 치즈러시가 아니기에, 즉각 일벌레 7마리를 끌고 요격에 나섰다.

건설로봇이 앞마당에 건설 중인 황병철의 부화실 옆에 떡하니 참호를 짓기 시작한다.

일벌레가 노려야 하는 것은 바로 1명의 보병. 참호가 완공되어도 안에 넣을 보병이 없으면 소용없어지니까.

학익진처럼 반 포위 형태로 펼쳐진 일벌레들이 일제히 달려들었다. 보병은 일벌레들을 피해 달아나며 간간히 총을 쏘는 무빙샷을 했다. 건설로봇들이 일벌레들의 이동을 방해했다.

그렇게 어지럽게 얽히다가,

—키엑!

—끄악!

일벌레 1마리와 보병이 거의 동시에 죽었다.

—와, 잘 막았습니다! 황병철 선수!

—지금까지 아주 깔끔하게 막고 있는, 어!

—키엑!

건설로봇 2기가 체력이 간당간당했던 일벌레에게 귀신같이 붙어 사살했다.

"오오!"

"와아아!"

순간적으로 체력 없는 일벌레를 포착해 낸 이신의 반사 신경은 실로 가공한 것이었다.

추가 생산된 보병 1기가 다가오고 있었다. 황병철도 그걸 알고 있기에 일벌레들을 물리지 않고 계속 바깥에서 맴돌게 하고 있었다.

보병이 당도하자 또다시 교전 시작!

건설로봇들이 일벌레들을 블로킹, 보병이 시계 방향으로 빠지며 무빙 샷!

—키엑!

일벌레 1마리가 또 죽었다.

퍼엉!

—키엑!

—퍼엉!

일벌레 1마리와 건설로봇 1기가 죽었다.

그때, 마침내 황병철의 본진에서 바퀴들이 생산되었다.

—퍼어엉!

이신은 건설하다가 중단시킨 참호를 완전히 취소시켰다. 보병과 건설로봇들도 썰물처럼 후퇴했다. 이미 전과는 충분히 거두었다.

—황병철 선수도 잘 막았고, 이신 선수도 충분히 소기의 성과

를 거뒀다고 해석해야겠죠?

—그렇습니다. 하지만 황병철 선수가 아무래도 손해를 입고 시작한 건 어쩔 수 없습니다.

이제는 거꾸로 바퀴들이 이신의 진영으로 달려갔다.

하지만 이신은 이미 맵 중앙에 지었던 병영을 띄워 옮겨 본진 출입구를 막은 상태.

그렇게 입구를 막은 뒤에도, 이신의 공격은 그걸로 끝난 게 아니었다.

제2타가 준비되어 있었다.

이신은 미리 빼놓은 건설로봇이 황병철의 본진 근처 으슥한 곳에 몰래 기갑정거장을 지었다.

거기서 고속전차가 생산됐다.

고속전차는 생산되자마자 황병철의 본진을 향해 출발. 동시에 기갑정거장 건물을 띄워서 황병철의 본진 안으로 천천히 날려 보냈다.

황병철의 본진 안으로 파고든 고속전차가 바퀴들을 피해 게릴라를 펼치며 휘저었다. 동시에 황병철의 본진 안에 안착한 기갑정거장이 고속전차를 1기 더 생산했다.

—아아아! 이거를 준비한 거였어요!

—고속전차가 계속 치고 빠지면서 바퀴들과 일벌레를 괴롭힙니다! 견제 정말 제대로 들어갔어요!

추가 생산된 고속전차까지 합세해 황병철의 본진 안을 제 집처럼 휘젓고 다녔다.

그걸 막아내기 위해 황병철은 진땀을 흘리며 바퀴들과 일벌레들로 술래잡기를 했다.

—아아, 이렇게 이신 선수가 3세트까지 가져가는 건가요?

—이신 성수는 이제 병영을 늘려서 보병, 의무병을 더 뽑고 있거든요. 이젠 너무나 암울해진 상황입니다.

황병철은 GG를 차마 칠 수가 없었다. 이렇게 허망하게 끝낼 수는 없는 것이었다.

'안 되는데. 이게 아닌데……!'

16강, 0승 3패.

곧 닥칠 현실이 비로소 피부에 와 닿기 시작했다.

황병철은 그런 현실이 믿을 수가 없었다. 그런데 더 믿을 수 없는 일이 벌어졌다.

경기장의 모두를 충격에 빠뜨린 사건이 터졌다.

—Kaiser : GG

'…뭐?'

황병철은 자신의 눈을 의심했다.

—어어?!?!

—저, 저게 뭔가요?! 이신 선수가 지금 GG를 선언했습니다!

해설진도 경악했다.

"뭐, 뭐야?"

"지금 누가 GG 쳤어?"

"이신이 왜 GG 쳐?"

관객들도 당혹스럽기는 마찬가지.

—Kaiser 님께서 퇴장하셨습니다.

그 안내 메시지까지 나오자 비로소 경기장이 소란으로 가득 찼다.

—저희도 지금 이게 어떻게 된 일인지 모르겠습니다만, 이신 선수가 지금 GG를 치고 퇴장했습니다. 이건 황병철 선수의 승리입니다!

—누가 봐도 이신 선수가 다 이긴 경기였는데요. 아무튼 GG를 선언했으니까 황병철 선수가 3세트를 가져간 거죠. 아니, 근데 참 이게 무슨 일이죠?

—아, 설마, 이건 한 게임 더 하자는 건가요?! 그래서 일부러 져 준 건가요?!

황병철은 멍하니, 어처구니없게 얻은 자신의 1승에 대해 복잡한 생각을 했다.

그리고 그 생각이 한 가지 답을 도출했다.

재미없다.

그래서 한 번 더 기회를 주마.

그렇게 말하고 있는 듯한 이신의 뜻이 느껴졌다.

황병철은 벌떡 일어났다.

반대편 부스를 보니 이신은 이미 대기실로 떠나고 없었다.

"이 개새끼가!"

황병철도 무대에서 뛰어나갔다.

복도를 지나 복도에 대기 중이던 스태프를 뿌리치고 이신의 대기실을 향해 달렸다.

"화, 황병철 선수! 거긴 상대 선수 대기실이라……!"

누가 말릴 틈도 없었다. 대기실을 벌컥 열고 들어가자, 이신과 방진호 감독이 보였다.

방진호 감독은 씩씩대며 거칠게 들어온 황병철을 보고는 안색이 변했다.

"인마, 여길 왜 들어와?"

"야, 이 개새끼야!"

황병철이 이신을 향해 주먹을 휘둘렀다.

"이 자식이!"

방진호 감독이 그런 황병철을 재빨리 붙잡고 밀어붙였다.

뒤따라 허겁지겁 들어온 스태프도 황병철을 뜯어말렸다.

"이 씨발 새끼가, 지금 날 우롱해? 날 갖고 놀아?! 죽어 볼래, 개새끼야!"

"진정해 이 새끼야!"

방진호 감독이 버럭 소리를 지르며 황병철을 막았다.

이신이 자리에서 일어나 그런 황병철을 똑바로 노려보았다. 겁먹은 기색이 전혀 없었다.

"그러는 넌? 내 손목이 걱정돼? 그래서 그렇게 좆같이 못한 거야?"

"크아아아! 이 개새끼! 죽여 버릴 거야!"

황병철의 발길질이 이신에게 닿지 않았다.

그때.

콰앙!

이신의 오른손 주먹이 로커 문짝을 힘차게 찌그러뜨렸다.

이에 황병철의 몸이 움찔 멎어들었다.

이신은 자신의 오른손을 보여주며 말했다.

"내 손 멀쩡해. 그러니 사양하지 마. 좀 더 죽일 듯이 덤벼. 날 좀 더 재미있게 만들어보란 말이야. 그래야 황병철이지."

"이신 인마, 너도 그만해!"

방진호 감독이 짜증스럽게 소리쳤다.

황병철은 씩씩거리며 분노를 억지로 눌러 참았다. 그는 뒤돌아 대기실을 떠나며 말했다.

"이 개새끼, 너 딱 기다려라."

"얼마든지."

황병철은 이신의 대기실에서 나왔다.

복도를 지나 자신의 대기실에 돌아왔다.

"병철아!"

기다리던 화성전자의 젊은 감독 박철수가 벌떡 일어났다.

"어디 갔다 와?"

"잠깐 이신한테요."

"뭐?!"

황병철은 박철수 감독에게 신경을 끄고 자신의 가방을 뒤졌다.

그리고 웬 트로피를 꺼냈다.

"그게 뭐야?"

"……."

황병철은 회한 가득한 눈길로 그 트로피를 바라볼 뿐이었다.

2019 한국 SC 후반기 개인리그
우승 황병철

이신의 손목 습격 사건으로 거저 따버린 그 우승 트로피였다.

황병철은 킬킬거리며 웃었다.

"그건 또 왜 가져왔어?"

"오늘 이거 진짜 주인이 누군지 확인해 보려고 했어요."

어느덧 황병철의 눈시울이 붉어졌다.

"역시 제 게 아니었던 것 같아요."

번쩍, 트로피를 높이 들어 올린다.

"어어? 인마!"

당황한 박철수 감독.

그러나 뭐라고 말릴 틈도 없이, 황병철은 괴성을 지르며 트로피를 땅바닥에 내려쳤다.

쨍그랑!

트로피가 산산조각이 나 흩어져 버렸다.

그와 함께 오랫동안 마음에 응어리졌던 무언가도 함께 사라져 버리는 것을 황병철은 느꼈다.

"다녀올게요."

황병철은 멍해진 박철수 감독을 뒤로한 채 대기실을 나섰다.

발걸음이 한결 가벼워졌다.

잡념이 전부 사라진 채, 황병철의 머릿속은 단 하나의 감정으로 가득 채워졌다.

그것은 분노였다.

'죽여 버린다!'

* * *

—무언가 석연치 않긴 합니다만, 아무튼 3세트는 황병철 선수의 승리로 되면서 스코어는 2 대 1이 되었습니다.

—예, 아마도 이신 선수가 황병철 선수에게 기회를 줬다, 라고밖에 해석할 여지가 없지요. 그렇다면 황병철 선수는 이번 4세트에서 모든 걸 걸어야 합니다!

—물론입니다! 아직 보여준 것이 아무것도 없는 황병철 선수입니다. 그렇게 쉽게 물러설 수야 없죠!

경기장의 대형 화면에 비친 황병철의 표정은 한기가 느껴질 정도로 날카로웠다.

그렇게 4세트가 시작되었다.

시작은 평범했다. 황병철은 앞마당에 부화실을 펴고, 본진 입구 쪽에 부화실 1개를 더 지어서 총 3개의 부화실로 시작하는 정석적인 빌드를 펼쳤다.

정찰을 떠났던 일벌레가 중간에 이신의 건설로봇과 마주쳤다. 마주친 순간, 이신도 황병철도 상대의 위치를 알아차렸다.

정찰 나온 상대 생산 유닛의 경로를 보면 바로 계산이 나오는 것이었다.

'7시!'

황병철의 일벌레는 곧장 7시로 향했다.

이신의 건설로봇 또한 황병철이 있는 5시 지역으로 정찰을 왔다. 황병철은 일벌레를 본진 입구에 세워 들어오지 못하게 블로킹을 했다.

건설로봇과 일벌레가 싸웠다.

체력이 막강한 건설로봇이 더 강했다. 체력이 닳자 황병철은 다른 일벌레로 교체했다.

마찬가지로 체력이 거의 닳은 건설로봇이 물러섰다.

하지만 황병철 또한 정찰을 못 하기는 마찬가지였다. 이신 역시 입구에 건설로봇을 하나 세워놓아서 블로킹한 것.

—양 선수 모두 날이 바짝 서 있습니다. 정찰부터도 허용 안 하겠다는 의지입니다!

황병철은 그냥 물러났다.

물러선 일벌레는 대신 아까 체력이 거의 닳았던 이신의 건설로봇을 찾아 나섰다.

'어디 갔지?'

중간 길목에서 기다렸지만, 물러났던 그 건설로봇이 보이지 않았다.

'마주칠까 봐 우회했구나.'

황병철은 일벌레를 조종해 방향을 돌렸다.

—아, 아까 그 건설로봇을 죽이기 위해 돌아다니는 일벌레입니다!

—이신 선수도 그럴 줄 알고 건설로봇을 반 시계 방향으로 빙 우회시켰는데요, 어어, 만날 것 같습니다!

황병철은 거의 본능적으로 건설로봇의 우회로를 찾아냈다. 일벌레가 건설로봇을 향해 덤벼들었고, 건설로봇은 방향을 돌려 후퇴했다.

하지만 황병철은 끈질기게 쫓아가 기어코,

—퍼어엉!

건설로봇을 처치하는 데 성공했다.

—하하하, 황병철 선수가 이번 4세트는 정말 바짝 독이 올라 있는 모습입니다.

—아무튼 상대방 일꾼 하나를 잡고서 기분 좋게 출발한 황병철 선수입니다.

다시 시도한 이신의 정찰 또한 바퀴 2마리로 쫓아내 버린 황병철.

초반의 첩보전부터 반응이 날카로운 황병철이었다.

4세트가 시작되기 전, 황병철이 화를 내다 돌아간 후에 정말로 이신의 멱살을 잡은 사람은 따로 있었다.

"넌 이게 다 장난이야?"

방진호 감독이 이신의 멱살을 틀어쥐고 으르렁거렸다.

"거기서 GG를 왜 쳐? 네가 그러고도 프로야?!"

"장난처럼 여긴 적 없습니다."

"그런데 왜 그랬어? 넌 지금 상대는 물론이고 팬들까지 우롱한 거야, 알아? 여기가 정말 애들 게임하고 장난치는 데로 보여?!"

"장난처럼 여긴 적 없다고 했습니다."

여전히 차분했지만, 이신의 목소리에도 분노가 어렸다.

"그럼 그건 뭔데? 네가 정말 신이야? 그래서 다 네 마음대로 해도 돼?"

"잘못이란 건 압니다."

"근데?"

"그렇게 해서라도 풀어야 할 일이 있었습니다."

손목 습격 사건.

이신의 상처는 그레모리로 인해 말끔히 치유되었다.

하지만 황병철이 입은 상처는?

3세트의 GG는 그걸 떨쳐 버리게 만들기 위한 도발이었다.

난 이런 놈이야.

네놈 따위가 걱정할 사람이 아냐.

그걸 행동으로 보여준 것이다.

이신은 다음 경기를 위해 대기실을 떠나며 말했다.

"제게 누가 뭐래도 상관 안 합니다. 전 저런 껍데기가 아닌 진짜 황병철과 붙고 싶은 겁니다. 그거면 됩니다."

"저 또라이 새끼!"

떠나면서 방진호 감독의 치 떨리는 목소리가 들렸다.

그리고 현재.

2차례 연속으로 정찰이 막히자, 이신은 황병철의 감각이 매우 날카로워졌음을 느꼈다.

바퀴 2마리가 정교하게 움직이며 정확하게 건설로봇의 진로를 가로막았다. 요리조리 피해봤지만 바퀴 2마리는 수비수처럼 따라붙으며 블로킹했다.

결국 건설로봇은 체력이 닳아 물러서야 했다.

"와아아아!"

함성이 울려 퍼졌다. 정찰을 모조리 칼 차단하는 황병철의 플레이에 전과는 다른 날카로움이 느껴지고 있었다.

—아, 분위기가 심상치 않습니다!

—화났습니다. 정말 화난 겁니다. 분노가 이단자를 일깨웠습니다!

"황병철! 황병철!"

경기장의 분위기가 황병철의 분투를 응원하는 쪽으로 흘러갔다. 대중은 약자의 편을 들어주게 마련이었던 것이다.

레이더가 완성되었다. 이신은 일단 앞마당 쪽을 레이더로 확인했다.

약간 이른 시간인데, 앞마당에 촉수탑 1개를 지어 방어를 해놓고 있었다.

'바퀴 올인은 아니군.'

빠른 타이밍에 바퀴를 잔뜩 생산해서 끝내 버리겠다는 생각이면, 방어를 해놓을 리가 없었다.

문제는 촉수충이냐 쐐기충이냐다.

레이더 에너지가 다시 차자, 이신은 본진을 찍었다. 황병철의 본진에서 독침충 소굴이 지어지고 있는 게 포착되었다.

'촉수충이군.'

독침충을 촉수충으로 진화시킨 뒤, 빠르게 상대를 압박하면서 확장 기지를 가져가겠다는 뜻이었다.

그렇게 해서 4개의 확장 기지가 확보되면, 괴물은 본격적으로 엄청난 물량을 쏟아낼 수 있는 자원이 확보된다.

이신은 병영을 5개까지 늘려 짓고서 꾸준히 보병과 의무병을 생산했다.

*　　　*　　　*

'걸렸다.'

이신의 레이더가 자신의 앞마당을 찍은 것을 포착한 황병철.

그리고 연이어 자신의 본진을 찍은 것도 확인했다. 본진에 짓고 있는 촉수충 둥지를 이신은 봤다. 앞마당의 촉수탑도 봤다.

황병철은 포석을 두 개나 이신에게 던졌다.

그는 3개의 부화실에서 줄곧 바퀴를 생산하고 있었다. 생산된 바퀴는 맵 곳곳에 숨겨놓았다.

이신은 활발하게 맵 곳곳을 정찰했기 때문에, 병력을 몰래 빼돌려 놓는 데 심혈을 기울여야 했다.

흰 머리가 몇 개 날 것 같은, 황병철로서는 피 말리는 작업이었다.

바퀴를 6마리씩 짝지어 옮기면서 이신의 눈을 속이는 황병철의 병력 운용은 거의 닌자와도 같았다.

6마리씩 움직이는 걸 포착할 때마다 이신은 계속 아까 본 그 바퀴들로 여겼다.

승부의 타이밍이 다가오고 있었다.

우선 바퀴 2마리를 던져서 이신의 앞마당을 확인했다.

'참호 1개. 보병·의무병은 한 부대가량.'

지금쯤 병영이 5개쯤 될 터. 시간을 조금만 더 주면 병력이 더 쏟아지고 무기 업그레이드까지 이루어진다.

황병철은 행동에 나섰다.

마지막으로 다시 이신에게 포석을 하나 더 던졌다.

일벌레 1마리가 마치 확장 기지를 지으러 가는 것처럼 1시로 이동한 것.

귀신같은 이신의 맵 장악 능력이 독이 되었다. 1시 구석에 잠복했던 보병이 튀어나와 일벌레를 사살해 버린 것이다.

이제 이신은 확장 기지 짓는 것을 한 차례 저지했다고 판단할 터.

'간다.'

여러 곳에 분산시켜 놓은 바퀴들을 조금씩 이신의 앞마당 앞으로 이동시켰다.

바로 그때,

띠리링—

레이더 소리.

이신은 직감적으로 자신의 앞마당 앞 부근을 찍어보았다.

이상한 낌새를 알아차린 것이었다.

그리고 레이더가 찍힌 것에는 수십 마리의 바퀴가 득시글거리고 있었다.

'귀신같은 새끼.'

황병철은 상대의 기막힌 촉에 혀를 내둘렀다.

'죽어!'

바퀴들이 일제히 돌격했다.

—황병철 선수가 드디어 돌입합니다!

—이신 선수도 곧장 병력과 일꾼들까지 전부 뛰쳐나옵니다. 반응 빨라요!

—지금까지 엄청난 심리전으로 이 상황까지 잘 끌고 온 황병철 선수! 하지만 아직 큰 산이 남아 있습니다. 신의 디펜스를 뚫어야 해요!

—3부화실 바퀴 올인인 만큼 여기서 기필코 성과를 거둬야 합니다!

—우와!

해설진도 그만 감탄하고 말았다.

"우와아아!"

"신! 신! 신!"

바퀴들이 달려드는 순간,

건설로봇 2기가 군량고 2개를 동시에 지어 바리케이드를 만들어 버렸다.

찰나의 순간에 펼친 심시티.

마치 괴물주술사가 흑안개를 뿌리는 듯한 속도였다.

그리고 그 뒤에서 보병들이 일제 사격!

'개새끼, 죽어!'

그럼에도 황병철은 그야말로 흉신악살처럼 덤벼들었다.

통로를 막아버린 건물 2개를 일점사한 것.

바퀴들이 보병의 총탄에 죽어나갔다. 하지만 바퀴들의 무지막지한 공세에 임시로 짓다 만 건물들이 삽시간에 부서져 버렸다.

인해전술!

황병철은 바퀴들을 꾸역꾸역 안으로 밀어 넣었다.

—으악!

—크악!

—키엑!

—키엑!

무수한 비명과 유혈이 쏟아졌다. 뛰쳐나온 건설로봇들이 소름끼치는 블로킹을 펼쳤다.

그리고 황병철은 미친 돌파력을 보였다.

블로킹에 작은 구멍을 뚫어내고, 그 안에 바퀴들을 비집고 넣었다. 구멍이 점점 커져갔다.

'뒈져, 씨발!'

황병철의 엄청난 기세!

블로킹이 무너지려 했다. 무너지기 전에, 이신은 병력을 일제히 뒤로 뺐다.

앞마당에서 일하던 건설로봇들도 본진으로 후퇴. 앞마당의 통제사령부 건물도 바퀴들의 공격을 피해 공중에 들어 올렸다.

막지 못한다는 계산이 든 순간, 즉각 앞마당을 포기해 버린 이신이었다.

—앞마당 들었습니다, 이신!

—와아! 황병철의 돌파력 정말 무섭습니다! 누가 저걸 뚫을 수 있다고 판단하겠습니까! 이단자이기에 가능한 일입니다!

—본진까지 가나요? 본진까지 들어가나요?!

황병철은 본진까지 쫓아 들어가지는 않았다. 본진 출입구는 너무 좁아서 뚫을 수 없다는 견적이 나왔기 때문.

이신과 마찬가지로 황병철도 이기는 싸움과 못 이기는 싸움을 구분하는 판단의 달인이었다.

앞마당을 들어 올리게 한 것으로 끝이 아니었다. 그 정도로 끝날 상대가 아님을 황병철은 누구보다도 잘 알았다.

'아직 한 번 더 남았다.'

하늘군주 한 무리가 아까부터 아주 느린 속도로 다가오고 있었다.

싸움이 시작되기 전부터 말이다.

*　　　*　　　*

황병철의 바퀴들이 앞마당에 모여 있었다.

들어 올린 통제사령부 건물을 통해 그걸 본 이신은 직감적으로 이상하다는 것을 느꼈다.

'계산이 안 맞는데?'

앞마당에 모여 있는 바퀴들의 숫자가 이신의 계산보다 부족했다.

이신의 엄청난 디펜스로 숫자가 확 줄었지만, 3개의 부화실에서 꾸역꾸역 생산되는 바퀴의 양이 있을 터였다. 그 후속 병력까지 감안하면 겨우 저 숫자뿐일 리가 없었다.

'촉수충은 아직 나오려면 시간이 더 필요하지.'

이신은 황병철을 알았다.

한 번 시작한 공격의 템포를 이렇게 끊을 리 없었다. 한 번 칼을 뽑으면 상대가 죽을 때까지 휘두른다.

그렇다면……!

이신은 레이더로 한 지점을 찍었다.

띠리링—

그곳에는…….

* * *

—와아아! 저 직감!

—본진으로 접근하는 하늘군주들을 레이더로 정확하게 봤어요. 저걸 눈치채나요?! 신탁이라도 받은 겁니까!

황병철은 바퀴들을 따로 빼 이신의 본진과 밀접한 언덕 벽면에 배치한 상태였다.

그곳으로 하늘군주를 보내 바퀴들을 태우기 시작했다.

황병철이 준비한 다음 후속타는 바로 하늘군주 드롭!

여기까지 생각하고서 황병철은 미리 하늘군주의 병력수송 업그레이드를 해놓은 것.

'들켰나?!'

레이더가 바로 그 지점을 찍은 것을 깨달은 순간 황병철은 이를 악물었다. 하지만 이단자의 육감은 견적을 냈다.

그래도 해야 한다.

할 수 있다!

바퀴들을 잔뜩 태운 하늘군주들이 느릿느릿 이신의 본진으로 움직였다. 동시에, 황병철은 앞마당에 집결된 바퀴들도 본진 입구로 돌격시켰다.

입구와 측면 언덕 너머로 황병철의 공세가 펼쳐졌다.

이신은 입구를 디펜스하는 동시에 보병 일부를 따로 배치해 하늘군주들을 일점사격 했다.

—끼에엑!

—꾸에엑!

하늘군주 2마리가 총탄에 얻어맞고 폭발했다.

그 안에 타고 있던 바퀴들도 덩달아 폭사. 하지만 나머지 3마리가 마침내 도달해 바퀴들을 쏟아내기 시작했다.

그때부터는 입구와 본진 안에서 난전이 펼쳐졌다.

타이밍 좋게 5개의 병영에서 화염방사병이 생산되었다. 이신은 화염방사병과 의무병이 조합된 병력으로 맞섰다.

좌충우돌. 미친 듯이 싸웠다.

황병철은 반시계 방향으로 우회해서 일꾼들을 공격했다.

쫓아 붙은 화염방사병들이 불길을 뿜어 삽시간에 4마리를 녹였다.

잠시 물러난 바퀴들이 순식간에 부채꼴로 대형을 펼쳐 덮쳤다. 에워싸 포위되기 전에 이신은 화염방사병들을 빼냈다. 그 와중에도 입구는 끈질긴 디펜스로 아직도 뚫리지 않았다.

황병철은 계속 생산되는 바퀴들을 공격에 투입했다. 하늘군주들이 계속해서 이신의 본진에 바퀴들을 드롭시켰다.

이신도 5병영에서 계속 화염방사병과 의무병을 쏟아냈다. 건설로봇들이 병력들과 혼연일체로 움직이며 흐르는 물처럼 유려하게 블로킹을 펼쳤다.

—두 선수 모두 미쳤습니다! 아, 저 컨트롤 좀 보세요!

—사방팔방에서 시가전이 펼쳐지고 있습니다. 둘 다 유닛이 살아 있는 것처럼 움직여요!

—하지만 이대로 계속 싸우면 앞마당 확장 기지를 돌리지 못하고 있는 이신 선수가 불리합니다.

이신은 사력을 다해 디펜스했다.

계속 쏟아지는 바퀴들을 꾸역꾸역 막으며, 그 와중에 항공수송선을 한 척 생산해 냈다.

항공수송선은 보병 7명에 의무병 1명을 태우고 황병철의 본진을 향했다.

—이신 선수도 드롭!

—끝까지 역전을 노립니다!

항공수송선에서 내린 8명의 병력이 황병철의 일벌레를 테러했다.

일벌레들이 일제히 앞마당 쪽으로 도망쳤다. 이신은 곧장 '수정관'을 공격했다.

수정관은 바퀴 생산에 꼭 필요한 건물이었다. 수정관을 파괴해 바퀴 생산을 못 하게 할 참이었다. 하지만 공격에 나섰다가 즉시 회군한 황병철의 바퀴들이 이신의 테러를 진압했다.

그때 수정관의 체력은 4/3가량이니 닳아 있었다.

몇 초만 더 시간이 있었어도 파괴되었을 터였다. 팬들마저도 아쉬움에 탄성을 터뜨렸다.

—Kaiser : GG

"와아아아아아악—!"

"황병철! 황병철!!"

관객들의 뜨거운 열기에 경기장이 폭발할 것만 같았다.

스코어 2 대 2.

이겼음에도 황병철의 눈빛은 여전히 살기등등했다.

한편, 마찬가지로 부스에서 나오는 이신의 얼굴은 감정 없는 무표정.

대기실로 돌아왔을 때, 이신이 방진호 감독에게 말했다.

"나 정말 싫어하는 것 같지 않아요? 저 자식."

"……."

방진호 감독은 어이가 없어서 이신을 쳐다봤다.

이신은 웃고 있었다. 정말 못 견디게 재미있다는 듯이.

천재라서 정신세계가 남다른 걸까? 도저히 이해할 수 없는 방진호 감독이었다.

"누가 널 좋아하겠냐? 이 정신병자 새끼야."

이제 남은 건 마지막 5세트였다.

*　　　*　　　*

쉬면서 이신은 구형 폴더폰을 꺼내 문자 메시지들을 확인했다.

—인터넷 중계로 보고 있다. 힘내렴.

어머니의 문자.

—외숙모랑 같이 보고 있어. 대체 무슨 짓을 한 거야ㅋㅋ 아무튼 파이팅!

채정아의 문자.

—신 님, 꼭 승리하세요! 경기장에서 간절히 두 손 모아 기도하며 응원하고 있어요!

지수민의 문자.

그밖에도 주디나 차이의 문자도 있었다. 확인하지 못했던 수많은 응원 문자 메시지가 그를 즐겁게 했다.

오래전, 신인으로 처음 데뷔하고 무패우승과 무패 금메달을 쟁취했을 때, 이신이 느낀 것은 공허함이었다.

평생 걸어가기로 했던 길인데, 벌써 종착지에 다다랐나? 겨우 이 정도였나?

벌써 끝을 볼 수 있을 만큼 얕은, 정말 그 싫은 아버지 말씀처럼 어릴 때나 하는 놀이란 말인가?

그래서 은퇴도 생각했다. 그걸 막아준 사람은 황병철이었다.

프로리그에서 이신에게 처음으로 에이스 결정전에서 패배를 안겨주었다.

계속 허수(虛數)를 던져 끝까지 비수(匕首)를 감춘 뒤에, 결정적인 순간에 그 칼날을 드러내며 온몸을 던져 공격한다.

죽음을 불사한 듯한 비장한 총공격.

그리고 이신에 대적할 수 있는 컨트롤과 직감.

운이 아닌 실력에 의한 패배.

덕택에 잃었던 열정을 회복했다. 그래서 이신에게 황병철은 큰 의미로 다가왔다.

'내가 질 리가 없잖아.'

문자 메시지들을 읽어보며 이신은 피식 웃었다.

비로소 이렇게 재미있어진 승부였다. 그런 승부에서 질 리가 없지 않은가.

이 이신이 말이다.

이런 데서 지라고 신이라 불린 게 아니다.

"이신 선수, 이제 곧 경기가 시작되니 준비해 주십시오."

스태프가 들어와 말했다.

고개를 끄덕인 이신이 핸드폰을 집어넣고 자리에서 일어났다.

"인마."

문득 방진호 감독이 이신을 불러 세웠다.

"왜요?"

"왜요? 확 그냥."

"뭡니까?"

"아오, 어차피 팀이랑 상관도 없는데 확 박살 나버려라."

이신은 뻔뻔스럽게 미소를 지어 보였다. 방진호 감독은 귀찮다는 듯이 툭 내뱉었다.

"이기고 와라. 그딴 짓해 놓고 지면 뒈진다."

"예."

이신은 대기실을 나섰다.

*　　　*　　　*

황병철은 부스를 떠나지 않았다. 대기실에서 몸을 쉬게 놔두면 긴장감도 풀릴 것 같았기 때문이었다.

이 극도로 고양된 상태를 그대로 유지하고 싶었다.

부스의 유리벽 밖을 바라보았다.

눈이 마주치자 어머니와 아버지가 아주 밝은 모습으로 손을 흔들었다. 아버지는 엄지를 치켜세워 보였다.

잘 싸웠다고, 멋졌다고, 입모양으로 호들갑스럽게 말씀하신다.

그 주변에 있던 그의 팬들도 응원 문구가 적힌 플랜카드를 흔들어댔다.

자신에게 힘이 되어 주는 이들을 보며, 황병철은 날카롭게 정신을 가다듬었다.

'이긴다.'

황병철의 두 눈에 다시금 살기가 피어올랐다.

'신이고 나발이고 난생 처음 광탈이 뭔지 체험하게 해준다!'

그렇게 두 사람이 마지막 결전을 준비하기 시작했고, 마침내 대망의 5세트가 다가왔다.

—이제 마지막 5세트 경기가 곧 시작됩니다. 양 선수 모두 부스로 돌아와 경기를 준비 중입니다.

—정말, 3세트 후반까지만 해도 2 대 2 스코어로 최후의 승부가 벌어지리라고는 상상도 못했죠.

—그렇죠. 3세트도 이신 선수의 전략이 연속으로 먹혀들면서 황병철 선수가 GG를 치기 직전이었는데, 돌연 이신 선수가 GG를 선언했단 말이죠. 이건 정말 경기 끝나고 인터뷰 때 물어봐야 하지 않을까 싶습니다.

—예, 하지만 4세트! 정말 3세트 때까지 지지부진했던 황병철 선수가 마치 1년 전으로 돌아가기라도 한 것처럼 놀라운 플레이로 이신 선수를 제압했습니다.

—오늘 경기는 정말 예측 불허의 양상으로 펼쳐지고 있네요. 아무튼, 결착은 납니다! 바로 이곳, 5세트 맵 파이널 플랜트에서 말이죠!

파이널 플랜트는 올해 들어 공식 맵으로 등록된 3인용 맵이었다.

스타팅 포인트가 1시, 3시, 7시 지점에 위치한다.

이신의 스타팅 포인트는 7시. 황병철은 3시였다.

"오오오오!"

관객석에서 경악이 터져 나왔다. 이신의 8번째 건설로봇이 맵 중앙까지 나와 병영을 짓기 시작한 것이다.

—8병영! 이신 선수가 과감하게 칼을 뽑아 들었습니다!

—치즈러시를 가겠다는 뜻인데요?!

3세트 때와 비슷한 빌드 오더를 택한 이신. 하지만 상황은 3세트 때와 같지 않았다.

—황병철 선수는 9수정관입니다! 8병영을 다분히 의식한 대책이에요!

9번째 일벌레로 수정관을 짓는 빌드 오더였다.

빠른 타이밍에 바퀴가 생산되기 때문에, 치즈러시를 노리는 인류 8병영의 카운터라고 할 수 있었다.

황병철의 경계심이 극에 달해 있다는 증거였다. 이신은 다 완성된 병영에서 보병 2명을 생산한 뒤, 바로 병영 건물을 들어 올렸다.

병영 건물은 이신의 본진으로 천천히 돌아가기 시작했다.

그때쯤 바퀴 6마리가 생산되자마자 달리기 시작했다.

—황병철 선수, 갑니다!

—여기서 이기면 오랜 천적을 꺾는 겁니다!

바로 그때였다. 정찰을 나갔던 이신의 건설로봇이 바퀴들과 마주쳤다. 바퀴들은 무시하고 달렸지만, 도리어 건설로봇이 달려들었다.

다음 순간, 모두의 감탄이 경기장을 뒤덮었다.

절묘한 길 막기!

건설로봇이 바퀴들의 앞에서 천천히 달리며 자꾸만 진로를 방해하는 것이었다.

—정말 신기에 가까운 컨트롤이네요! 저게 일부러 할 수 있는 건가요?

—계속 바퀴들 달리는 속도를 늦추며 시간을 법니다!

바퀴들이 이신의 본진에 당도했을 때, 본진 입구는 건설로봇 3기와 보병 2기로 지켜지는 상태.

—황병철 선수, 어어! 달려듭니다!

—저게 이단자죠!!

그 방어 태세를 보고도 과감하게 뛰어든 황병철!

블로킹을 하고 있는 건설로봇 하나를 집중 타격했다.

삽시간에 펼쳐진 교전. 반사적으로 다른 건설로봇들이 수리했지만, 그 순간 황병철은 타깃을 그 옆의 건설로봇으로 바꿨다.

—퍼엉!

—키엑!

건설로봇 1기와 바퀴 1마리가 죽었다. 건설로봇 1기가 비자, 그 틈새로 바퀴들을 쑤셔 넣었다.

—으악!

—키엑!

보병 1명과 바퀴 1마리가 또 동시에 죽었다.

—황병철 선수의 컨트롤도 장난이 아닙니다!!

—저걸 뚫나요?!

그러나 이신은 조금도 당황하지 않았다. 건설로봇을 추가로 끌고 나와 바퀴들을 진압해 나갔다.

남은 보병 1명을 노렸지만, 건설로봇들의 블로킹에 의해 진로 차단!

건설로봇들이 에워싸 바퀴들을 죽여 나갔다.

극도로 정교한 컨트롤이 자유자재로 펼쳐졌다.

수리하고 길 막고 보병의 무빙 샷.

결국 바퀴들은 건설로봇을 추가로 1기 더 사살하는 데 그쳤다.

이신은 건설로봇 1기를 밖으로 내보내 추가로 달려오는 바퀴가 없는지 확인했고, 다른 건설로봇들은 돌아가 일을 하게 했다.

—8병영이 실패했지만 황병철 선수의 역습을 아주 무난하게 막았습니다.

—와, 정말 숨이 막혔습니다! 거기에 냅다 뛰어들어서 구멍을 뚫고 들어가는 황병철 선수나, 그걸 또 표정 하나 안 변하고 막아내는 이신 선수나! 두 선수 모두 대단합니다!

—예, 어쨌거나 지금 현 상황에서 유리한 쪽은 황병철 선수죠. 앞마당을 가져갔고, 이제 2부화실에서 쐐기충을 생산해 다시 견제를 들어올 텐데요!

—아아! 이신 선수의 선택은 2항공입니다!

—저건 스텔스 전투기죠!

이신은 앞마당을 가져가지 않고 본진 플레이를 하면서, 항공 정거장 2개를 지었다. 그리고 스텔스 전투기 생산에 들어갔다.

황병철 또한 쐐기충 둥지를 짓고서 본진과 앞마당 2개의 부화실에서 쐐기충 생산에 들어갔다.

먼저 생산된 쪽은 이신.

스텔스 전투기 2기가 즉시 출격했다. 스텔스 전투기 2기는 일단 황병철의 본진을 쭉 훑어보았다.

황병철이 쐐기충 체제로 간다는 걸 파악하자, 더 볼 것 없이 행동에 나섰다.

콰악!

스텔스 전투기 2기가 하늘군주 1마리를 공중분해 시켰다. 그리고 하늘군주 1마리를 더 공격할 때였다.

—끼익!

본진 쪽 부화실에서 생산된 폭탄충 6마리가 날아왔다.

작은 폭탄충 6마리는 그대로 스텔스 전투기와 자폭을 하려 들었다. 2마리당 1기를 자폭으로 격추시킬 수 있는 위력을 지닌 폭탄충이었다.

역 V자 대형으로 날아드는 폭탄충.

—지금 빌드의 핵심은 바로 저 스텔스 전투기를 잃지 않고 모으는 겁니다!

—1기도 격추되면 안 됩니다!

8강행 티켓이 걸린 마지막 5세트.

저 1기, 1기에 두 선수의 운명이 걸려 있다 해도 과언이 아니었다. 보는 이들을 아찔하게 만드는 공중전의 개막이었다.

펑!

—끼익!

스텔스 전투기 2기는 감각적인 터닝 샷으로 폭탄충 1마리를 죽였다. 하지만 그사이 다른 5마리가 거리를 좁혀오자, 달아날 수밖에 없었다.

황병철 또한 예술적인 컨트롤을 보였다. 5마리를 두 패로 갈라 사냥개가 양 떼를 몰이하듯 스텔스 전투기들을 맵 구석으로 몰아세운 것.

—깔끔하게 두 개로 나뉘어서 몰아넣는 것 좀 보세요!

—정말 황병철 선수가 마침내 이단자다운 모습을 보여주네요! 어, 어, 잡힐 것 같은데요!

맵 구석에 몰리자 폭탄충 5마리가 득달같이 덤볐다.

그런데 바로 그때였다.

충돌하기 직전, 스텔스 전투기들이 순간적으로 U턴!

급격히 머리를 돌려 폭탄충들 사이를 절묘하게 빠져나갔다.

갑작스러운 방향 전환으로, 쫓아오던 폭탄충들에게 잠깐의 딜레이가 생긴 것!

이 점을 의도적으로 노린 회피 플레이였다.

"우와아아아아!"

"꺄아아악!"

관객들이 아예 이성을 잃고 열광하였다.

—와, 이런 말씀드리면 좀 그렇지만, 저게 사람입니까!

—사람이 아니라 신이죠. 정말 신의 드라이빙입니다!

무표정의 이신과 살짝 인상을 찡그리는 황병철의 모습이 대형 화면에 잇달아 비춰졌다.

황병철은 쐐기충과 폭탄충을 늘렸고, 이신 또한 스텔스 전투기가 다수 모이고 스텔스 모드까지 개발되었다.

이신의 스텔스 전투기 편대가 다시금 황병철에게 향했다. 이에 질세라 황병철도 모든 비행 유닛을 끌고 나섰다.

스텔스 모드를 간파하기 위해 하늘군주까지 대거 끌고 나왔다.

스르륵—

투명화되어 사라지는 전투기 편대.

하지만 황병철은 하늘군주를 잔뜩 펼쳐놓아 시야를 확보해 놓고 맞섰다.

공중전이 마침내 절정에 이르렀다.

쫘아악! 쫙!

—키에엑!

—키엑!

—퍼어엉! 퍼엉!

양 진영이 현란하게 치고받기 시작했다.

쐐기충들이 날갯짓하며 쐐기를 발사했고, 스텔스 전투기들은 연속 무빙 샷으로 접근하는 폭탄충들을 족족 격추했다. 폭탄충들이 반 포위 대형을 펼쳐 사방에서 전투기 편대를 덮쳤다.

그 순간, 전투기 편대는 지그재그로 기동하며 터닝 샷을 좌우로 퍼부었다.

삽시간에 격추되는 폭탄충 4마리!

그러면서 무난하게 후퇴하는 전투기 편대!

하늘군주의 시선이 닿지 않는 거리까지 물러서자, 황병철도 더는 후퇴하지 못했다.

근처에 하늘군주가 없으면 스텔스 모드 때문에 싸움 자체가 불가능하기 때문.

그 틈에 이신은 다시 반시계 방향으로 우회해 측면에서 공격했다.

황병철도 일방적으로 당하는 건 아니었다. 사실은 아주 잘해주고 있는 것이었다.

하늘군주들을 전투기로부터 보호하고, 사거리 안에 들어오면 쐐기를 한 방씩 날려 반격을 가했다.

쐐기충은 스텔스 전투기보다 체력이 많아서 똑같이 데미지를 교환하면 불리할 게 없었다.

그저 넋을 잃은 관객들.

지금껏 본 적이 없었던 슈퍼 플레이의 대향연이었다.

한바탕 펼쳐진 공중전에선 이신이 먼저 물러났다.

누구의 손해랄 것도 없었는데, 종이 비행기라 불리는 스텔스 전투기로 그만큼 싸운 이신이 경이로운 것이었다.

그 뒤에 이신은 계속 생산했던 보병과 의무병을 대거 이끌고 다시금 공격에 나섰다.

보병의 화력이 뒷받침해 주고, 공중에서 스텔스 전투기가 활약하면서 조금씩 전진하는 형태였다.

한편, 황병철은 6시에 확장 기지를 가져간 상태. 이신도 이제야 간신히 앞마당에 확장 기지를 짓기 시작했다는 점을 감안하면, 꽤나 유리한 상황이었다.

처음 시작한 빌드 오더에서 유리하게 시작했기에 나온 상황이었다.

보통은 빌드가 갈렸어도, 컨트롤과 견제로 극복해 내는 게 이신의 일반적인 패턴.

그러나 상대는 황병철이었다. 컨트롤과 순간 판단으로 이신에게 대적할 수 있는 세상에 몇 안 되는 상대였다.

—황병철 선수는 이미 6시까지 가져간 상황. 저 6시가 돌아가기 시작하면 총 3군데서 광물 자원을 얻게 됩니다. 그땐 괴물이 걷잡을 수 없이 커지죠!

—이신 선수는 이번 공격에서 황병철 선수에게 타격을 주지 않으면 안 됩니다!

보병과 의무병, 그리고 건설로봇까지 3기 끌고 나온 이신. 공중의 스텔스 전투기 편대와 함께 진군했다.

황병철의 쐐기충 무리가 하늘군주들과 함께 나타나 견제를 했지만, 그때마다 이신은 전투기 곡예로 쐐기충을 1마리씩 격추시켰다.

하지만 황병철의 의도는 단순한 시간 벌기.

쐐기충이 치고 빠지면서 시간을 버는 동안, 황병철의 앞마당은 촉수탑 3개가 완성됐다.

—마침내 이신 선수의 병력이 앞마당에 당도했습니다. 하지만 들어갈 수가 없죠.

—예, 그렇습니다. 쐐기충들도 있고 촉수탑 3개까지 있으니 저 정도 병력 규모로는 들이받아도 역으로 싸 먹힐 뿐입니다. 지금은 그보다 6시를 밀어야죠!

이신은 황병철의 앞마당에 진을 치고 교전을 벌였다. 스텔스 전투기가 침투해서 하늘군주 1마리를 잡았다. 이에 질세라 황병철도 쐐기충·폭탄충 무리로 덮치자, 터닝 샷으로 폭탄충 2마리를 사살하고 보병들이 있는 곳으로 돌아갔다.

굉장히 빠른 템포로 교전이 이루어졌다.

그런데 바로 그때였다.

—어? 지금 저 빨리 이동하는 이신 선수의 유닛이 뭐죠?

캐스터의 질문에 화면이 그 유닛을 비췄다. 고속전차 2기였다.

"와아아아!"

"이신! 이신! 이신!"

이신의 팬들이 환호했다.

이신의 견제 플레이의 정수가 담긴 유닛, 고속전차 2기가 6시로 질주하고 있었다.

앞마당에서 무력시위를 벌여 황병철의 시선을 잡아끌면서, 6시를 테러하겠다는 뜻이었다.

고속전차 2기가 6시로 파고들었다. 그리고 일하던 일벌레들을 사냥하기 시작했다.

—1마리, 2마리! 계속 잡습니다!

황병철은 급히 일벌레들을 대피시켰다.

—황병철 선수도 잘 반응했습니다. 하지만 어디로 대피시킬 겁니까? 앞마당은 지금 이신 선수가 진을 치고 있어요!

고속전차 2기는 집요하게 일벌레들을 쫓아가 1마리씩 계속 사살했다. 6시의 부화실에서 급히 바퀴 6마리가 생산됐다.

바퀴들이 고속전차에게 덤벼들었다. 그러나 고속전차는 매우 빠른 스피드로 치고 빠지며, 일벌레만 집요하게 노렸다.

—아아! 물고 늘어집니다! 저게 이신의 견제에요!

—미꾸라지처럼 바퀴들을 피해 다니며 일벌레만 쏙쏙 뽑아 먹습니다!

"꺄아아아악!"

"오빠—!!"

이신교의 광신도들이 비명을 질렀다.

결국 6시의 일벌레를 전부 잡아버린 이신!

고속전차 2기는 쉬지 않고 움직여 앞마당의 병력과 합류했다.

그리고…….

* * *

'승부다.'

이대로 정면으로 싸우면 계산상 진다. 하지만 이신의 육감은 이길 수 있다는 판단이 섰다.

그래서 촉수탑 3개와 쐐기충들이 버티고 있는 황병철의 앞마당으로, 그대로 총공격을 감행했다.

—이신 선수 가나요?! 들어가나요?!

—맙소사! 저건 싸울 게 아니죠! 저길 들어가면……!!

해설진마저 덩달아 흥분해서 소리쳤다.

이신의 전 병력이 일제히 돌입했다.

보병들이 총탄을 퍼붓고 의무병은 열심히 치료한다. 쐐기충과 촉수탑의 공격에 하나둘 죽는다. 스텔스 전투기는 그 와중에도 매섭게 무빙을 하며 쐐기충의 숫자를 줄여 나갔다.

그리고 6시에서 혁혁한 전과를 거두고 합류한 고속전차 2기도 움직였다.

그 싸움을 틈타 전광석화처럼 움직여, 출입구를 통과해 황병철의 본진 안까지 날카롭게 파고들었다.

황병철은 거기까지 신경 쓸 틈이 없었다.

이신은 마치 목적을 완수했다는 듯이, 전 병력을 후퇴시켰다.

—그냥 물러섭니다! 역시 안 되는 싸움이었죠!

—황병철 선수가 이득을 거둔 싸움이 아니었을까… 오오!

해설위원 정승태가 기겁을 했다.

관객들도 소름 끼치는 충격을 느꼈다.

본진에 파고든 고속전차 2기가 일벌레를 사냥하고 있었다.

—저거였습니다! 저걸 안에 집어넣으려고 잠깐 총공격을 했다가 다시 뺀 거였어요!

—어떻게 저런 판단이 가능한 건가요?! 저건 미리 준비해 온 전략도 아닐 것 아닙니까!

쐐기충 무리가 고속전차를 진압하기 위해 움직이자, 스텔스 전투기 편대도 함께 움직여 견제했다. 속도 업그레이드가 된 고속전차는 워낙 빨라 날아다니는 쐐기충들도 쫓아다니기 힘들었다.

오히려,

—끼에엑!

—끼에엑!

고속전차가 미끼가 되어 이리저리 유인하는 틈에, 전투기들이 쐐기충들을 사냥하는 패턴이 나왔다.

—일꾼을 너무 많이 잃었어요! 이신 선수는 스텔스 전투기를 계속 충원시키는데, 쐐기충은 쉽게 충원이 안 되고 있어요!

—6시, 본진 견제가 너무 컸습니다! 잡힌 일벌레가 대체 몇 마리입니까!

싸움 한 번 잘못해서 이신이 스텔스 전투기를 대량 잃으면 얘기가 달라진다.

실제로 내구력이 너무 낮아 전투에는 잘 쓰이지 않는 스텔스 전투기였다.

그런데 이신은 실수 한 번 하지 않았다. 황병철의 쐐기충 무리에게 화끈하게 싸울 수 있는 기회 한 번 안 주고, 정교한 무빙을 했다.

고속전차가 계속 생산되어서 끊임없이 6시를 괴롭혔다.

촉수탑을 건설해 방어했지만, 고속전차들은 촉수탑이 쏘는 촉수에 맞아가며 일벌레를 대량으로 사살했다.

이신의 병력이 점점 많아졌다. 그래도 황병철은 포기할 수가 없었다. 마우스에서 손이 떨어지지가 않았다.

—정말, 황병철 선수 끝까지 싸웁니다!

—황병철 선수도 정말 대단합니다! 그때 6시 견제만 안 먹혔어도 황병철 선수가 이기는 거였어요! 누가 이신을 상대로 시종일관 유리한 싸움을 펼칠 수 있습니까!

—황병철 선수가 칼을 뽑아 듭니다. 마지막 승부수를 던졌습니다!

황병철은 바퀴들과 쐐기충들을 끌어 모아 앞마당에 집결시켰다.

그리고 바퀴 1마리를 이신에게 던졌다.

—키엑!

보병들의 총탄 세례에 죽는 바퀴 1마리.

바퀴 또 1마리가 앞으로 나가 사살당했다.

계속 바퀴를 1마리씩 던지는 황병철.

대체 왜 그런 행동을 하는지 아무도 알 수 없었다.

—저게 지금 무슨 플레이죠? 계속 바퀴를 1마리씩 상대에게 던져 주고 있습니다.

—이신 선수에게 뭔가를 말하려는 건가요? 아무튼 채팅은 금

지되어 있기 때문에 아무도 황병철 선수의 뜻을 모릅니다.

다만, 한 사람.

'알았다.'

이신은 황병철의 메시지를 알아들었다.

다 끝났다.

이제 그만 들어와라.

황병철은 그렇게 말하고 있었다. 이신은 그의 마음을 곧바로 알아들은 것이었다.

황병철도 이 메시지를 이신이 알아들을 거라고 확신했다.

너무나 치열하게 서로에게 몰입했기에, 누구보다도 마음이 잘 통하게 된 두 사람이었다.

이신이 총공격을 감행했다.

황병철이 맞서 싸웠다.

—어어! 붙습니다! 마지막 싸움입니다!

—두 사람이 뜻이 통했나요? 이신 선수가 행동에 나섰습니다.

피가 흘러 넘쳤다.

촉수탑이 차례로 무너지고, 쐐기충들이 사살됐다. 스텔스 전투기들도 쐐기에 얻어맞아 격추되었다.

보병들이 의무병의 치료를 받으며 총탄을 쓰며 돌입. 각성제를 흡입하며 계속 돌입해 앞마당의 부화실을 날려 버렸다.

일벌레들까지 모조리 초개처럼 몸을 던져 싸웠다. 추가 생산된 보병들이 합류하여 계속 밀어붙였다.

쐐기충들도 전부 죽었다. 앞마당의 모든 건물이 날아갔다. 보병들과 의무병들이 본진으로 침입했다.

그때, 뜬금없이 이신의 앞마당에서도 교전이 벌어졌다. 따로 빼놓은 바퀴 10마리가 이신의 앞마당을 덮친 것이었다.

전 병력이 떠나 있는 틈을 탄 빈집털이였다.

—섬멸전을 노리나요?!

—하지만 저건 막히는 거죠! 반면에 황병철 선수는 본진까지 다 날아가고 있습니다!

—물론 아직 6시가 남아 있긴 합니다만…….

바퀴 10마리가 투혼을 발휘해 감각적으로 움직이며 건설로봇들을 사냥했다.

건설로봇들이 대피하고, 통제사령부 건물이 띄워졌다.

황병철은 계속해서 본진 안으로 침투했지만, 기껏해야 바퀴 10마리였다.

추가 생산된 보병들이 건설로봇들과 합세하여 바퀴들을 진압해 나갔다.

거의 가망 없는 황병철의 마지막 희망은 그걸로 끝났다.

—자, 이제 승부가 끝나갑니다. 이제 GG를 선언할 때인데…….

—아… 황병철 선수…….

화면에 비친 황병철은 울고 있었다.

부들부들 떨며 터져 나오려는 울음을 참는데도, 넘쳐흘러 떨어지는 눈물을 감출 길이 없었다.

패배의 분함이 너무 쓰라렸던 것이다.

떨리는 손으로 천천히 키보드를 타이핑했다.

—predator : GG

—Kaiser : GG

—GG!

—긴 싸움이 마침내 끝이 났습니다! 이신 선수의 승리입니다! 하지만 황병철 선수, 정말 잘 싸웠습니다!

힘겨운 표정으로 부스에서 나온 이신은 성큼성큼 황병철의 부스로 다가갔다.

황병철이 눈물을 추스르고 있을 때, 이신은 부스를 열고 안에 들어왔다. 황병철은 또 뭐냐는 듯이 꼬나보았다.

이신은 오른손을 내밀었다.

악수.

황병철은 그 오른손을 빤히 쳐다보았다.

저 오른쪽 손목은 이신뿐만이 아니라 황병철의 한까지 담겨 있었다.

이제 저 손을 맞잡으면 그 모든 게 씻겨 나간다.

황병철은 오른손을 들었다. 그리고 주먹을 쥔 채, 이신을 향해 중지를 치켜세워 보였다.

이신은 웃음을 터뜨렸다.

두 선수의 훈훈한 마무리를 보려고 따라붙었던 카메라는, 그만 황병철의 늠름한 가운데 손가락을 대형 화면으로 비추고 말았다.

경기장이 웃음바다가 되었다. 하지만 한국 e스포츠 협회의 판정단은 같이 웃을 수가 없었다.

가뜩이나 생중계되는 인터넷에서는 실시간으로 이신의 안티팬들이 욕을 쏟아내고 있었다.

3세트의 GG도 시끄러운데 황병철까지 또 논란거리를 추가시킨 것이었다.

이신이 3세트에서 GG를 선언한 것은 규정상으로는 처벌할 여지가 없었다. 선수가 GG를 선언했는데 어딜 문제 삼아야 한단 말인가?

하지만 저 생중계된 황병철의 '엿'은 명백한 물증이 남았다.

그렇다고 황병철만 처벌하란 말인가? GG로 먼저 도발한 쪽은 이신인데?

그랬다가는 네티즌들이 더욱 폭발할 터였다.

그렇게 애를 먹은 판정단은 이신과 황병철 두 사람을 불러놓고 대화를 나눴다.

다행히 그 논란은 아주 쉽게 종식되었다.

"제가 도발하기 위해 고의로 GG를 선언한 게 맞습니다."

이신이 선뜻 인정해 버린 것.

"그게 황병철 선수에게 모욕감을 준 행위였다고 인정하시는 겁니까?"

"예. 제가 시인했다고 발표하고 징계를 내려주시면 됩니다."

"휴, 감사합니다."

판정단은 도리어 이신이 잘못을 시인해 주자 고마워했다.

그저 '불리해서 GG를 쳤을 뿐이다'라고 말했다면 이신에게 잘못을 묻기란 불가능했을 터였다.

"그리고 황병철 선수는……."

"인정합니다. 엿 먹으라고 욕했고, 대기실 찾아가서 쥐어 패려고도 했습니다."

황병철도 선뜻 인정해 버린다.

판정단은 서로 상의하더니, 결정을 내려 버렸다.

—아무래도 논란이 많았던 경기이니만큼 판정단이 따로 경기 결과를 발표하는군요.

판정단의 멤버 한 명이 마이크를 잡고 발표했다.

—오늘 경기의 승자는 이신 선수입니다.

"와아아아!"

이신의 팬들이 환호를 했다.

—하지만 이와 별개로, 이신 선수는 3세트에서 고의 GG 선언으로 황병철 선수에게 모욕감을 주고 경기 진행에도 지장을 주었음을 시인했습니다. 그리고 황병철 선수 또한 이신 선수에게 욕설 행위로 한 점을 인정했습니다.

웅성거림 속에서 발표는 계속되었다.

—이에 저희 판정단은 두 선수에게 벌금 100만 원을 부과하나, 잘못을 인정한 점을 감안하여 악수와 화해를 한다면 벌금을 면제토록 하겠습니다.

그렇게 해서 황병철과 이신은 무대 위에서 서로를 마주보게 되었다.

서로 눈을 쳐다본다.

황병철은 못 견디겠다는 듯, 마이크를 뺏다시피 하며 말했다.

—그냥 벌금 내겠습니다.

—저도.

이신도 동의했다.

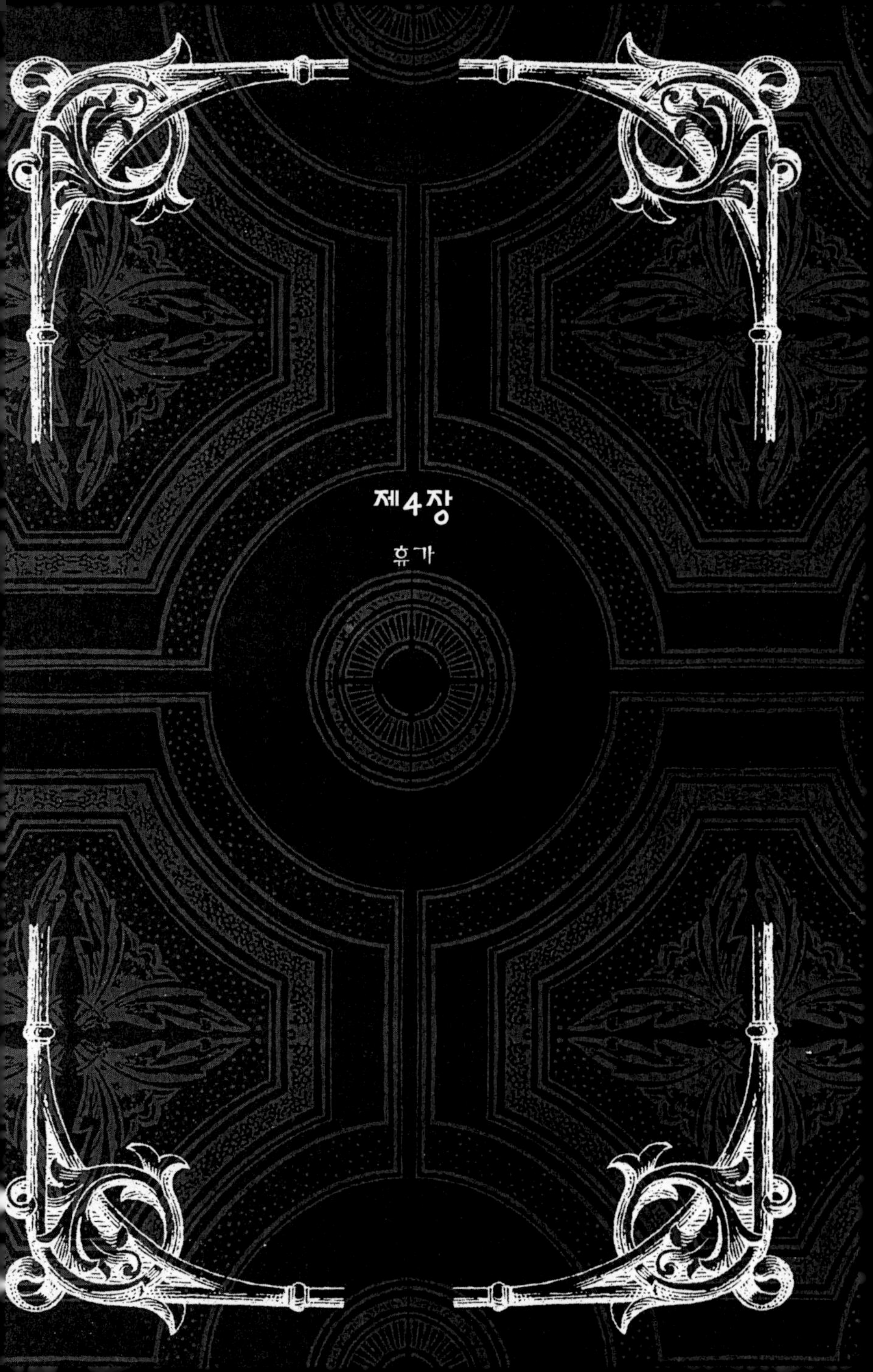

제4장

휴가

8강전, 4경기 3세트.

엄청난 규모의 기동포탑과 고속전차가 진군했다.

—맙소사, 엄청난 물량입니다! 유진영 선수, 저걸 무슨 수로 막을 겁니까!

괴물주술사가 흑안개를 뿌리고 그 안에 촉수충 2마리가 들어가 땅속에 숨었다.

하지만 조금도 버티지 못했다.

퍼퍼퍼퍼펑—

그야말로 쇼였다.

이신은 수십여 기나 되는 기동포탑들이 일제히 포격모드가 되어 화력을 뿜는 일대장관을 관객들에게 선사했다.

흑안개에서는 원거리 공격이 전부 먹히지 않지만, 범위 공격의 확산 데미지는 예외.

촉수충들이 흑안개 속에서 맥없이 죽어버렸다. 계속해서 흑안개를 뿌리고 값싼 바퀴들과 촉수충들로 버텨보려는 유진영의 투혼.

그러자 이신은 다시 한 번 쇼를 선사했다.

파앗!

전술위성이 고속전차 2기에 디펜시브 실드를 걸었다. 실드의 보호를 받고 흑안개 속으로 돌입한 고속전차들이 지뢰를 매설했다.

파앗! 파앗!

지뢰에도 디펜시브 실드가 걸리자 감탄사와 환호성이 터져 나왔다. 이신의 특기인 디펜시브 지뢰였다.

퍼어어엉! 퍼엉!

흑안개 속이 지뢰에 휘말려 피바다가 되었다. 게다가 12개의 기갑정거장에서 계속 쏟아져 나오는 고속전차들!

물량, 또 물량!

이신은 압도적으로 유진영의 확장 기지 3곳을 한 번에 밀어버렸다.

—유진영 선수 GG!

—계속되는 견제로 상대 세력을 축소시켜 놓고 물량으로 마무리하는 이신 선수의 올해 필승 패턴! 저 유진영 선수가 아무것도 못 했어요!

—예전 같았으면 끝까지 견제로 피를 말리는 것이 예전 이신 선수의 패턴이었잖습니까? 그런데 지금은 그보다 한층 더 진화된 모습을 보입니다. 정말 대단한 경기력입니다!

이신은 부스에서 나와 가볍게 주먹을 치켜드는 세리머니로 승리를 장식했다.

"와아아아아!"

"이신! 이신! 이신!"

팬들이 열렬한 환호로 화답했다.

16강전에서 황병철과 함께 사이좋게 욕을 나눠 먹은 이신. 그의 직설적인 평소 언행을 생각하면 그를 싫어하는 팬이 없는 게 더 이상했다.

하물며 16강전에서의 사건은 비난받아 마땅한 일이었으니, 그동안 이신의 활약과 이신교의 위세에 눌려 있던 안티 팬들이 포문을 열고 비난을 퍼부은 건 당연했다.

다만 이신도 황병철도 다시금 언론을 통해 사과를 표명했고, 이미 징계도 받은 터라 그 논쟁은 점차 수그러졌다.

사실 스페이스 크래프트의 각 인터넷 커뮤니티들은 원채 성향이 거칠었기 때문에 협회 및 관계자들은 그런 소란에 매우 익숙했다. 게다가 도리어 그 덕에 이번 개인리그는 점점 크게 흥행하고 있었다.

끊임없이 입에 오르내리다 보니 유료 생중계 시청률과 다시 보기 결재 매출이 껑충 뛰었다. 최고의 흥행카드 이신의 신화가 올해도 어김없이 입증된 셈이었다.

그 뒤로 이신과 황병철의 경기력은 더욱 상승세를 띠었다.

먼저 부활한 황병철.

완벽한 심리전으로 이신을 속이는 데 성공한 4세트는 본인의 역대 경기 중 손꼽히는 명경기로 남았다. 이신을 어떻게 꺾어야 하는지를 제시했다는 평이었다.

그렇게 이단자의 면모를 다시금 되찾은 황병철은 프로리그에서도 맹활약했다.

황병철의 소속 팀 화성전자는 2020 프로리그 포스트시즌에 진출했는데, 그 첫 경기에서 쌍성전자를 만나 무려 4킬을 기록한 것.

그 4킬에는 최영준도 포함되어 있어 모두를 놀라게 했다.

최영준의 미친 물량 공세는 이미 정평이 난 바, 황병철은 최영준의 물량이 폭발하기 전에 일찌감치 승부수를 던져 잡아냈다.

극단적인 공격성!

그만큼 빈틈도 많을 수밖에 없는 스타일이라 올킬에는 실패했지만, 그의 살기등등한 포스는 팬들에게 강한 인상을 주었다.

그리고 이신.

그는 8강전에서 만난 괴물 플레이어 유진영을 3 대 0으로 셧아웃시켜 버렸다.

유진영은 '광전사' 오광태와 함께 프로 팀 제미니의 쌍두마차라 불리는 수준급의 프로게이머였다. 그런 유진영이 손 한번 못

써보고 박살 났다.

1세트, 병영 체제.

2세트, 치즈러시.

3세트, 병영 후 기갑 체제.

그야말로 유영진을 다채롭게 묵사발 낸 이신이었다.

인류 대 괴물전의 교과서 같은 종합선물세트였다고 팬들이 좋아했다. 평소 이신을 싫어하던 이들마저 혀를 내두를 수밖에 없었다. 어쨌거나 신은 신이었다며 말이다.

그렇게 8강전도 끝나고 4강 멤버가 확정되면서, 개인리그 우승의 행방에 대한 기대감이 극에 달했다.

4강 멤버의 구성을 보면 그야말로 한국 e스포츠의 르네상스라 해도 과언이 아니었다.

박영호, 신지호, 최영준, 이신.

대체 누가 현존 최고의 프로게이머냐고 논쟁이 붙었을 때 거론되는 4인이 총출동한 셈이었다.

—와 저 화려한 멤버 봐라. 저 중 누가 우승해도 이상하지 않다. 음? 근데 한 명이 좀 이상하다? 신지…….

—신지호ㅋㅋㅋㅋ

—나머지 셋과 어깨를 나란히 하기에는 신지호가 좀 초라한 편이지.

—님들 지금 작년 후반기 개인리그 준우승자를 무시함? 음? 근데 그 타이틀도 좀 석연찮다? 부전…….

—ㅋㅋㅋㅋㅋ

—그래도 8강전에서 오광태를 3승 1패로 떡실신 시켰다. 지금은 컨디션 좋은 신지호 모드다!

—ㅇㅇ컨디션 좋을 때의 신지호는 모르지.

—새끼들아, 닥치고 박영호 우승 ㅇㅋ?

—최영준은 프로리그 포스 보면 박영호도 압도하는데, 전번 개인리그도 그렇고 그랑프리에서도 그렇고 이상하게 고비마다 박영호한테 꺾이네.

—솔까말 이신 우승 각.

—유영진ㅠㅠ 형이 얼마나 널 아끼는데 1세트도 못 이겼니 이놈아.ㅠㅠ

—그냥 포기하면 편합니다. 이신 우승합니다. 늘 그랬듯이.

—예전에도 늘 이신의 대항마 나오고 이번에는 이신도 우승 못 할 수 있다고 언론이 난리 치다가, 결국 늘 그랬듯이 이신 우승했습니다. 뭐 그때랑 다르겠습니까?

—만날 우승하던 놈(신)이 하겠지.

—이신교 광신도들이 여기까지 나타났네. 니네 팬카페로 안 꺼지냐?

누가 우승하느냐를 놓고 커뮤니티들은 연일 시끄러웠다.

그러거나 말거나 이신은 연습에 충실하고 있었는데, 어느 날 문득 주디가 그에게 말을 걸었다.

"코치님."

"어."

"저 집에 다녀와도 될까요?"

"다녀와."

"캐나다요……."

이신의 손이 잠깐 멈칫했다.

"캐나다?"

"네. 프로리그랑 개인리그도 이제 일정이 끝났으니까 집에 돌아오라고 부모님이……."

"감독님한테 허락받았어?"

"네. 보름 휴가 얻었어요."

포스트시즌 진출에 실패해 더 이상 정규 경기가 없는 터라 장기휴가를 준 모양이었다.

"허락받았으면 뭐가 문제야?"

"코치님 허락도 받아야죠."

그러면서 빙긋 웃는 주디였다.

"다녀와."

이신은 가볍게 대꾸했다. 주디는 뭐가 불만인지 입술을 삐죽 내밀었다.

게임에 몰두하던 이신이 그런 주디의 기색을 보곤 의아해했다.

"왜?"

"코치님은 휴가 안 가세요?"

"휴가?"

"네."

"안 가."

잠시 울상이 된 주디였지만, 포기하지 않고 계속 말했다.

"다음 상대 최영준이에요."

"알아."

"최영준 세요."

"그걸 내가 모를까."

최영준의 플레이는 이신이 감탄하고 따라해 보며 배웠을 정도였다.

누구보다도 이신이 잘 안다고 봐도 무방했다.

"코치님 피지컬… 최영준보다 안 좋아요."

"알아."

그레모리가 이신의 모든 육체의 부상을 치유해 주었지만, 피지컬은 그것과는 조금 다른 문제였다.

스페이스 크래프트는 대단히 손이 많이 가고 복잡한 작업이었다. 뿐만 아니라 적의 행동에 재빨리 반응할 수 있는 반사 신경을 장시간 유지해야 했다.

그 집중력을 장시간 유지할 수 있는 능력이 바로 피지컬.

육체와 정신력이 혼재된 개념이라고 보면 되는데, 뚜렷한 정의가 없기 때문에 애매한 개념이었다.

이에 대해 은퇴한 최환열은 이렇게 정의했다.

"손 많이 가는 조작을 일일이 해야 하는데 나이 먹으니까 그게 점점 귀찮아지더라. 하려고 기를 써도 점점 섬세하게 챙기기가 힘들어져."

최환열은 결코 게으르지도 정신력이 약하지도 않다. 그럼에도 점차 고도의 작업이 정신적으로 힘들어지고, 여유가 없어서 순간순간의 판단도 뒤떨어졌다.

그래서 그것은 나이 먹으면 어쩔 수 없는 영역이라고 정의내리는 수밖에 도리가 없었다.

정말 성실하고 자기관리가 철저한 프로게이머도 어쩔 수 없는 부분. 이신도 예외는 아닌 것이었다.

다른 많은 장점으로 커버하지만, 현존 최고 피지컬의 소유자인 최영준과 피지컬을 논하기는 무리였다.

"휴식, 필요해요."

"……."

"재충전해야 이길 수 있어요. 아니면 못 버텨요."

주디가 열심히 설득했다.

나름 일리 있는 의견이었기 때문에 이신은 대꾸를 하지 못했다.

'내가 언제 쉬었더라?'

손목 다쳤을 때 말고는 쉰 적이 없다시피 했다. 가족과 사이가 안 좋아서 휴가를 받아도 집에 안 돌아가고 죽어라 훈련만 했다. 그 탓에 직업병이 종합적으로 찾아와 만신창이가 되었던 것이다.

육신은 이미 그레모리 덕에 건강해졌으니, 마력으로 정신적인 부분을 강화하면 피지컬이 완벽하게 재생되리라.

하지만 이신은 마력을 쓸 생각이 없었다.

그레모리가 선물해 준 반지로 휴식을 취하는 정도는 모를까, 마력으로 아예 반칙 같은 피지컬을 손에 넣기는 싫었다.

롤플레잉 게임도 에디터를 쓰고 나면 금방 질리는 법이었다.

"네 말도 일리가 있어."

이신의 말에 주디의 얼굴이 해맑아졌다.

"휴가 내서 한동안 집에서 쉬어야겠군."

그 말에 다시 당황한 주디가 잽싸게 말했다.

"지, 집에서도 훈련하시게 될 거예요."

"…그야 그렇지."

집에서는 차이를 가르치며 함께 연습 게임을 하곤 했다. 연습실에 출근 안 한다고 게임을 손에서 놓을 이신이 아니었다.

"저랑 캐나다 안 가실래요?"

주디가 쭈뼛거리며 비로소 본론을 꺼냈다. 이신은 그게 주디의 진짜 목적이었음을 깨달았다.

"캐나다? 비행기 오래 타야 하잖아."

퍼스트 클래스를 타도 장시간 비행은 역시 힘들다는 걸 이신은 경험을 통해 알고 있었다.

"전용기 있어요."

"전용기?"

"네, 아빠한테 조르면 돼요. 전용기 아주 좋아요. 편해요."

아빠를 조르면 전용기를 띄워준다니, 새삼 주디의 집안이 얼마나 대단한지 알게 해주었다.

이신은 심사숙고 끝에 결정을 내렸다.

"싫어."

귀찮은 건 귀찮은 거였다.

"저 16강 들었는데… 소원인데……."

주디가 입술을 삐죽 내밀며 토라진 듯이 투덜거렸다.

이신은 흠칫했다.

푸른 눈동자가 애타게 그를 응시했다.

"소원 들어준다고 했잖아요."

그런 약속을 하긴 했다. 다만 같이 캐나다 가달라는 큰 스케일의 소원을 요구할 줄은 몰랐을 뿐.

"감독님 허락받아야 해. 개인리그 일정이 있어서 안 될지도 몰라."

일단은 그렇게 핑계를 댔다. 그런데 때마침 방진호 감독이 연습실에 들어오자, 주디가 그리로 쪼르르 달려갔다. 주디의 빠른 행동력에 이신은 허를 찔린 표정이 되었다.

쏙덕쏙덕 뭐라고 열심히 얘기하자, 방진호 감독이 이신을 슥 보며 말했다.

"다녀와, 새꺄."

쿨한 방진호 감독이었다.

"정말 괜찮습니까?"

"내가 선수들 한두 명 본 줄 알아? 넌 휴가 며칠 다녀왔다고 감각 떨어질 타입 아냐. 거기 가서 쉰다고 게임에서 손 놓을 놈도 아니고. 쉬다 와."

주디가 활짝 피어나려는 함박웃음을 꾹 참았다. 그렇게 이신의 캐나다행이 결정되었다.

*　　　*　　　*

전용기를 타보는 건 처음이었다.

김포공항의 VIP 전용 수속 데스크에서 출국 수속을 마치고 전용기 게이트로 향했다.

물론 뭘 어떻게 해야 하는지 전혀 모르는 이신은 그저 주디의 뒤만 졸졸 따라다녀야 했다.

익숙한 주디는 이신의 손을 잡고 끌고 다니며 모든 과정을 거쳐 전용기에 탑승했다.

전용기 내부는 집과도 같았다. 고급스러운 소파가 배치된 폭이 좁은 거실이 있었고, 부엌과 여러 개의 방도 있었다.

백인 여성 승무원이 다가오자 주디는 영어로 뭐라고 지시했다. 잠시 후 승무원은 음료를 가지고 돌아와 주디와 이신에게 주었다.

"어때요?"

주디가 물었다.

이신은 고개를 끄덕였다.

"괜찮네."

이런 비행기라면 며칠이라도 탈 수 있을 것 같았다.

"게임 하실래요?"

"컴퓨터 있어?"

"네. 스페이스 크래프트도 할 수 있어요."

"둘이 할 수 있어?"

"네, 유선 연결되어 있어요."

생각이 바뀌었다. 이런 비행기라면 몇 달이든 탈 수 있었다.

기내의 컴퓨터실에 정말로 PC 2대가 사이좋게 마주보는 위치로 되어 있었다. 두 사람은 각자 장비를 PC 본체에 끼우고 마우스 감도 조절을 한 뒤 게임을 시작했다.

영문판 스페이스 크래프트였지만 플레이를 하는 데는 아무런 지장이 없었다.

인류 대 인류전이라 그런지 첫판부터 장기전이 되었다.

주디도 이제 1군 주전으로서 실력이 늘어 초반에 손쉽게 제압하려면 이신도 위험을 무릅써야 했던 것.

제자인 주디에게는 만에 하나라도 질 가능성을 두고 싶지 않아서 안전하게 운영을 한 이신이었다.

똑같은 빌드 오더로 시작한 두 사람이었지만, 중반에 접어들자 플레이의 차이가 확 벌어졌다.

주디가 3번째 확장 기지를 가져가는 타이밍에 이신이 공격했다.

항공수송선이 언덕 위에 기동포탑 1기를 내리고, 언덕 아래 앞마당에 고속전차 2기를 드롭했다. 고속전차들이 지뢰를 깔고 식량 자원을 채집하던 건설로봇들을 사냥했다. 언덕 위에서 기동포탑이 포격모드로 불길을 뿜었다.

주디 역시 기동포탑 여러 기를 데려와 대응했다.

주디의 반격을 받으면서도 이신은 무조선 건설로봇만을 공격했다.

한 차례 테러는 진압했지만, 건설로봇의 피해가 상당해진 주디. 하지만 한숨 돌릴 틈도 없이 3번째 확장 기지까지 고속전차의 난입을 받았다.

견제, 견제, 또 견제.

점점 스피드를 올리며 견제를 퍼붓는 이신의 플레이에 주디는 막고 또 막다가 GG를 쳤다.

"준수한데 평이해."

이신이 내린 평가였다.

"평이?"

"평범하다고."

"아."

그제야 알아듣고 고개를 끄덕이는 주디였다.

"똑같이 평범한 정석을 하면 꼼꼼하게 섬세한 네가 남들보다 잘해. 신태호를 이겼던 것도 그런 점이 작용했고."

눈을 반짝이며 경청하는 주디.

이신이 말을 이었다.

"그대로 최신 추세만 놓치지 않고 잘 따라간다면, 앞으로도 꾸준히 승률 50%를 챙길 수 있을 거야. 나도 처음부터 그 정도를 목표로 널 가르친 거고."

"네."

"하지만 그보다 더 발전하고 싶다면 너만의 개성을 찾아야 해. 신지호처럼 디펜스를 잘하든, 나처럼 공격적이든."

"제가 어떤 개성을 살릴 수 있을까요?"

주디가 물었다.

이신은 어깨를 으쓱했다.

“견제나 디펜스나 싸움이 벌어졌을 때의 순간 판단과 대응 속도가 중요한데, 네겐 그런 순발력이 없어.”

“그럼요?”

“운영으로 승부를 보는 쪽으로 가닥을 잡는 게 낫지 않을까?”

“운영?”

“상대의 동향에 따라 운영에 변화를 주는 유연함을 기르는 쪽이 네 적성이 아닐까 싶다. 체제 전환과 확장 타이밍 같은 부분.”

“아, 알겠어요.”

주디는 알아들었다는 듯 대답했다.

이신은 컴퓨터실을 둘러보며 문득 물었다.

“그런데 이 게임이 세팅된 컴퓨터 2대는 나 때문에 준비된 거야?”

“아뇨. 원래부터 있었어요.”

“원래?”

“동생 때문에요.”

“동생도 게임을 좋아하나 보군.”

“네, 동생 때문에 저도 스페이스 크래프트를 하게 됐어요.”

이신은 고개를 끄덕였다.

비행기 안에서 두 사람은 평소와 다르지 않은 하루를 보냈다. 함께 연습 게임을 하고 리플레이를 보며 분석하다가, 식사를 하고 체력 훈련을 했다. 놀랍게도 이 전용기는 헬스 시설과 샤워

시설도 전부 완비되어 있었다.

'이런 건 얼마나 하지?'

뜬금없이 그런 생각이 들었지만 곧 고개를 저었다. 아무리 돈을 열심히 벌어도 전용기는 무리였다.

밴쿠버 국제공항에 도착했다.

입국 수속도 주디가 손 붙잡고 데리고 다니며 해결했다. 짐은 이미 검은 슈트를 입은 남자들이 찾은 상태였다.

남자들은 주디와 이신을 차량으로 안내했다. 한국에서 타던 것과 비슷한 크라이슬러 리무진이었다.

주디는 마주 앉은 이신을 보며 싱글벙글 웃었다.

"동생이 아주 좋아할 거예요."

"동생이?"

"네, 동생도 코치님의 열렬한 팬이에요."

주디는 재잘재잘 이야기를 했다.

주디는 동생과 함께 월드 SC 그랑프리 개인전을 관람했다. 두 사람은 캐나다의 톱스타 프로게이머 존 패트릭을 응원하고 있었다. 그리고 그 상대는 e스포츠의 발상지였으나 현재는 몰락한 한국의 선수였다.

개인전 32강전.

존 패트릭이 너끈히 올라갈 것이라고 누구나 믿어 의심치 않았다.

그런데 경기가 시작되자 전혀 예상치 못했던 상황이 벌어졌다.

그 한국 선수는 지금껏 한 번도 본 적이 없었던 스타일과 엄청난 스피드로 존 패트릭을 깨뜨리기 시작했다.

질풍처럼 달려온 고속전차 4기가 겁도 없이 거신병기 5기에게 덤볐다.

삽시간에 4방향에서 둘러싸 지뢰 매설. 지뢰에 휘말려 폭사하거나 만신창이가 된 거신병기들.

고속전차들은 다시금 남은 거신병기들을 둘러싸 지뢰를 매설했다.

지뢰 폭발과 함께 빠져나가는 고속전차.

전멸한 거신병기.

—Oh my god!

—Oh, Shit!

난생 처음 보는 컨트롤에 충격에 빠진 해설진과 관객들.

절정은 3방향 동시 견제. 항공수송선이 존 패트릭의 앞마당과 본진에 고속전차를 2기씩 드롭했고, 동시에 다른 확장 기지도 고속전차가 파고들었다.

생명석 심시티로 입구를 틀어박고 있었는데도 지뢰 비비기로 간단히 쳐들어와 신도들을 학살했다.

한 곳도 사수하기 힘들었는데 3곳에서 동시에 견제를 당하니, 인간의 멀티태스킹으로 감당할 수 있는 수준이 아니었다.

그 견제로 존 패트릭은 끝나 버렸다.

큰 싸움은 단 한 번도 없이, 견제만으로 회생불능의 타격을 입어버린 존 패트릭.

아무 말도 할 수 없었다. 상대가 되지 않았기에 분한 마음조차 들지 않았다.

주디와 동생은 그렇게 멍하니 그 경기를 바라보았다. 그리고 동생은 크게 흥분해 벌떡 일어나 소리쳤다고 한다. 저 사람은 천재라고 말이다.

"그때부터 둘 다 게임에 푹 빠졌어요. 코치님의 지난 경기를 찾아봤고요."

"동생은 한국에 오지 않았나 보군."

"네, 건강이 좋지 않아서요."

"……."

건강이 안 좋다는 말에 이신은 더는 묻지 않았다.

밴쿠버 국제공항에서 대략 40여 분간 차량을 타고 이동하며 아름다운 도시의 정경이 보였다.

바다와 인접한 깔끔한 도시, 예쁘게 조성된 공원들.

웨스트밴쿠버에 접어들어 해안도로를 타고 이동하다가 마침내 목적지에 도착했다.

"여기예요."

커다란 저택이었다.

세련된 예술성이 가미된 건축 디자인으로 지어진 현대식 저택. 무엇보다 코앞에 해변과 바다가 있었다.

저택의 정문 안으로 차량이 들어섰다. 차에서 내렸을 때, 저택 안에서 웬 소년이 걸어 나왔다.

"Judy!"

"John!"

주디가 펄쩍펄쩍 뛰며 달려가 소년을 끌어안았다. 10대 중반쯤으로 보이는 금발의 소년은 자지러지게 웃었다.

흑발의 주디와 금발의 소년. 남매라고 하기에는 머리색이 너무 극명하게 차이가 나는 게 독특했다.

이윽고 금발 소년이 이신을 바라보았다.

소년의 얼굴이 붉게 상기되었다. 다가와 이신에게 손을 내밀었다.

표정에서 소년 특유의 수줍음과 밝음이 동시에 느껴졌다.

"존 레벨린이에요. 반가워요."

억양은 이상하지만 충분히 알아들을 수 있는 한국말이었다.

"이신이다."

이신은 존과 악수를 했다.

"얘기 많이 들었어요. 주디의 선생님이시라고요."

"어."

"주디가 너무 부러워요. 저도 한국에 같이 갈 수 있었으면 좋았을 텐데."

건강이 안 좋다고 들었는데, 그런 것치고는 존은 표정이 그늘없이 아주 밝았다. 좋은 가정에서 잘 자란 상냥한 소년이라는 생각이 들었다.

저택 안으로 들어와 두 사람은 이신을 4층으로 안내했다. 집 안인데도 엘리베이터가 설치된 게 놀라웠다. 겉보기만큼이나 내부도 호사스러운 집이었다.

앞장선 주디가 복도 끝에 있는 방을 가리켰다.

"이곳에서 지내세요, 코치님."

고개를 끄덕인 이신은 방에 짐을 풀었다.

옷가지를 벽장에 넣고 키보드와 마우스, 마우스패드, 이어폰 등을 보관한 브리프케이스도 조심스럽게 꺼냈다. 브리프케이스를 열어 장비들의 상태를 조심스럽게 점검하는 이신.

그런 그의 장비를 보며 존이 눈을 빛냈다.

"선생님."

'선생님?'

잠깐 흠칫했지만 평소에도 차이에게 자주 듣는 호칭이라 그냥 받아들이기로 했다.

"왜?"

"저랑 게임 한 번만 해주시면 안 될까요?"

"한 번만?"

"많이 해주시면 더 기쁠 거예요."

소년이 쑥스럽게 웃었다. 이신은 쾌히 고개를 끄덕였다.

"안 될 것 없지."

"잠깐, 그 전에 나부터 꺾어야 하지 않아?"

주디가 끼어들었다.

존은 눈웃음을 지었다.

"날 이길 수 있겠어?"

"예전의 내가 아니야. 이제 어엿한 프로게이머라고."

"카이저 선생님께 배운 사람은 누나뿐만이 아니란 걸 기억해."

그 존의 말에 이신은 의아함을 느꼈다. 마치 자신도 이신에게 배웠다는 듯이 말하는 게 이상했다.

그렇게 세 사람은 4층 반대편에 있는 게임 룸으로 갔다.

PC가 여러 대 설치되어 있었는데, 주디와 존이 자리 잡고서 게임을 시작했다.

아니나 다를까, 존도 인류였다. 그런데 존의 플레이를 보던 이신은 놀랄 수밖에 없었다.

흡사 주디의 복사판 같았다. 아니, 정석 플레이를 하는 이신 자신과 쏙 빼닮았다.

일반인인데도 손놀림이 정확해서 연습생이라고 착각할 정도였다.

하지만 결국 주디를 능가하지는 못했다. 수많은 경험으로 다져진 주디는 보다 다채로운 방법으로 전술을 펼칠 줄 알았고, 경험이 부족한 존은 그에 능숙하게 대처하지 못했다.

"아, 이런. 내가 지다니!"

존이 화를 냈다.

주디가 웃었다.

"말했지? 이제 나한테 안 될 거라고."

"나도 제대로 배웠으면 누나 정도는 금방 뛰어넘었을 거야."

"과연 그럴까?"

주디는 동생을 약 올리며 도발하는, 평소에 볼 수 없었던 새로운 모습을 보여주었다.

존은 이신을 바라보았다.

"선생님은 어떻게 생각하세요?"

"어떻게 나한테 배운 것처럼 플레이할 수 있는 거지?"

이신이 되물었다.

존은 웃으며 자신의 스마트폰을 꺼냈다. 음악 플레이어를 재생하자,

—됐어. 이제 항공수송선에 고속전차 태워.

—벽에 딱 붙여서 이동해.

—가기 전에 레이더 한 방.

—뭐해? 멈추지 마. 앞에 병력도 계속 움직여서 시선 잡아놓으란 말이야.

이신의 목소리였다.

주디를 아바타처럼 말로 조종하며 훈련시켰을 때의 목소리였다.

"이걸 들으며 연습했어요. 누나가 연습한 리플레이 파일도 보내줘서요."

이신은 주디를 빤히 쳐다봤다. 주디가 당황해서 고개를 꾸벅 숙였다.

"죄, 죄송해요, 멋대로 동생에게 보내서요."

"크게 상관은 없는데, 그걸 들으며 혼자 독학을 했단 말이지?"

"네."

이신의 안색이 변했다.

"…너 지금 나이가 몇이지?"

제5장

존

“14세요.”

“만으로?”

“네? 아, 네.”

만 14세.

이신의 머릿속이 복잡해졌다. 잠시 고민하던 이신이 주디에게 말했다.

“주디, 이어폰 껴.”

“네.”

주디는 이어폰을 꽂고 자리에 앉았다.

이신은 존에게 말했다.

“내 지시대로 할 수 있겠어?”

"네!"

존은 마치 그 말만 고대했다는 듯이 열렬히 고개를 끄덕였다.

그렇게 게임이 시작했다.

이신이 지시했다.

"일해."

존은 일꾼을 유려하게 갈라 농지에 골고루 투입했다.

"군량고, 앞마당에 심시티로. 다음 일꾼으로 병영도 앞마당 심시티로 지어."

"네."

서열전을 치르다 보니 입으로 게임을 하는 데 많이 익숙해진 이신이었다.

다행히 건물 배치하는 법은 정확하게 아는 존이었다.

존도 주디와 마찬가지로 손이 그리 빠르지 않았다.

섬세함도 주디보다 떨어진다. 하지만 컨트롤이 정확했다.

남들이 서너 번 클릭해야 하는 조작도 한두 번의 클릭으로 깔끔하게 했다. 정확할수록 손이 더 많이 갈 일이 없는 것이었다.

게다가 유닛이 걸림 없이 최단거리로 목적지에 이동하게 만든다.

싸움이 아닌 이런 평범한 플레이에서 보이는 컨트롤 센스는 연습한다고 되는 일이 아니었다.

물론 그냥 사소하게 넘길 수 있는 부분이었지만, 이신은 그것을 정확하게 알아보았다.

'한 번 시험해 볼까?'

주디가 먼저 움직였다.

앞마당 확장 기지를 돌리며 병력을 모으더니, 존이 3번째 확장 기지를 가져갈 때 모은 병력으로 공격에 나섰다.

3번째 확장 기지를 가져가는 대신 병력을 더 모은 주디는 존의 앞마당 지척까지 강하게 압박하는 전선(戰線)을 만들어냈다. 그러고는 3번째와 4번째 확장 기지를 동시에 가져갔다.

상대를 충분히 압박해 놓고서 상대방보다 더 많이 확장하는 플레이. 어느새 1군 프로게이머로서의 센스와 판단을 갖추게 된 주디였다.

이신이 존에게 지시를 내렸다.

"전술위성 뽑아. 군사과학연구소에서 디펜시브 실드 개발해."

"뚫으려는 거죠?"

"어."

보통 인류 대 인류전에서 상대방의 전선을 뚫어내는 데 주로 활용하는 것은 항공수송선.

항공수송선으로 상대방 병력의 머리 위에 병력을 투하하는 방식으로 전선을 뚫는 것이 일반적이었다. 하지만 이신은 그보다 전술위성을 더 많이 활용했다.

디펜시브 실드를 활용해 돌파할 수 있다면, 항공수송선 뽑는 데 쓸 돈이 절약되는 것이었다.

'역시 디펜시브 지뢰는 무리겠지.'

그건 일류급 인류 플레이어도 따라하지 못하는 컨트롤 스킬이었다. 간신히 흉내를 낼 수야 있겠지만, 그걸 실전에서 써먹는 건

오직 이신만이 가능했다.

존에게 시킬 것은 디펜시브 실드로 보호받는 기동포탑을 앞세워 방패막이 삼고 돌격하는 방식이었다. 이는 존도 충분히 할 수 있는 컨트롤이었다.

그런데,

"뚫어볼게요."

전술위성 2기가 생산됐을 때, 존이 말했다.

이신은 설마 싶었다.

파앗! 팟!

디펜시브 실드가 걸린 고속전차 2기가 주디의 전선을 향해 돌입했다.

퍼퍼펑—!

주디의 기동포탑들이 포격모드로 불을 뿜었다. 하지만 화력 밀집이 약한 부분을 노렸기 때문에 고속전차들은 간신히 도달할 수 있었다.

지뢰를 매설하고,

팟! 파앗!

따라온 전술위성들이 지뢰에 디펜시브 실드를 걸어주었다!

퍼어어엉! 퍼어엉!

지뢰에 휘말려 기동포탑 4기와 고속전차 3기가 폭사했다.

놀랍게도 존은 이신만이 펼치던 디펜시브 지뢰를 성공시켰다.

물론 아직 많이 부족했다.

퍼엉! 퍼엉!

주디의 기계보병들이 전술위성 2기를 전부 격추시켜 버린 것! 대공에 강한 기계보병들은 전술위성들을 폭죽처럼 터뜨려 버렸다.

"아……."

존이 당황했다.

"전술위성을 즉시 뺐어야지."

거기까지는 손이 안 갔던 모양이었다.

아무튼 앞마당 코앞까지 압박하던 주디의 전선을 뒤로 크게 밀어내는 데는 성공했다. 하지만 돌파의 핵심이었던 전술위성을 잃은 탓에 주디의 3, 4번째 확장 기지까지 타격 갈 정도의 돌파력은 나오지 않았다.

병력 손실은 있었으되 존보다 확장 기지를 하나 더 가져간 주디의 우세였다.

"안 되겠군. 견제로 방법을 바꿔. 상대 일꾼 수 못 줄이면 못 이겨."

"네."

"한 번 네 생각대로 견제를 해봐."

"네!"

"레이더는 계속 뿌려. 상대가 뭘 하는지 실시간으로 계속 파악해."

"네!"

하지만 손이 많이 가는 장기전이 될수록 존은 힘겨워했다. 병력을 생산하고 견제를 펼치면서 레이더로 꾸준히 상대 진영을 찍어 확인하는 멀티태스킹을 계속 수행하기에는 피지컬이 부족했다.

고작 만 14세인 존이 나이가 들어 두뇌 성능이 저하되었을 리는 만무하다.

'건강이 안 좋다더니.'

스페이스 크래프트에서 말하는 피지컬은 정신력과 체력의 조화였다. 특히나 유난히도 손이 많이 가는 게임이라 육체적인 부분도 중요했다. 그렇지 않으면 프로 팀들이 체력 단련을 훈련 코스 중 하나로 채택했을 리가 없지 않은가.

'아깝다.'

손이 느리다는 건 앞으로 내내 꼬리표처럼 붙는 약점이 될 테지만, 저 컨트롤 센스가 너무 아까웠다.

이신은 자신과 스승격인 최환열 외에는 저만한 컨트롤 센스를 가진 사람을 본 적이 없었다.

게다가 이제 겨우 만 14세 아닌가!

'가만?'

순간 문득 이신은 자신의 치유 능력이 떠올랐다.

혹시 마력을 대폭 투자해 치유를 시킨다면 건강을 회복시킬 수 있지 않을까? 게다가 독학으로 저만한 수준까지 게임을 익혔다면 결코 취미 수준이 아니었다. 프로게이머로서의 꿈도 어느 정도 갖고 있다고 봐야 했다.

'한국으로 데려갈 수 없다 해도, 주디의 동생이니 그 정도는 해줄 수 있다.'

결심을 굳힌 이신.

그는 존의 어깨에 손을 얹으며 말했다.

"침착하게 해. 손이 급해지면 순간순간마다 판단할 여유도 없어져."

"네."

그렇게 격려하면서, 어깨에 얹은 오른손에 능력을 불어넣었다.

스르륵—

따스한 온기가 손을 통해 존의 어깨로 스며드는 듯한 느낌이 들었다.

그러자 존의 혈색이 눈에 띄게 좋아졌다. 마치 격려가 즉효약이 된 것처럼 존이 플레이에 여유를 찾았다.

지쳐 있던 모습은 온데간데없고, 여유롭게 플레이를 했다. 이신이 방향을 잡아줬기 때문인지, 이번에는 전판보다 더 치열한 싸움이 나왔다.

하지만 결국 승자는 주디였다. 전선을 긋고 확장 기지를 안전하게 확보하는 운영이 돋보였다.

자원 고갈 상태를 보며 일꾼 숫자를 조절하는 섬세함은 최영준의 자원 최적화가 연상될 정도로 예술적인 주디였다.

"또 졌어요."

존은 매우 분한 기색을 띠었다.

"프로인데 너한테 지면 내가 혼났을 거야."

주디도 항변한다.

사실 그도 맞는 말이긴 했다. 프로 선수는 수많은 연습과 경험으로 통계 데이터를 머릿속에 쌓는다.

이때쯤 상대가 이런 상태일 것이다, 라는 계산이 바로바로 나오게 된다. 하지만 그런 데이터가 축적되지 않은 아마추어가 널리 알려진 빌드 오더만 따라할 줄 안다고 프로를 따라잡을 수 있는 건 아니었다.

순간순간 복잡하게 상황이 변하는 게임에서 바로바로 나오는 판단은 그 데이터 통계에서 나오니 말이다.

"코치님, 어때요, 우리 동생?"

주디의 물음에 이신이 말했다.

"재능이 있어."

"그렇죠?"

내친 김에 이신은 존에게 물었다.

"혹시 프로게이머가 될 생각은 없어?"

"당연히 있죠."

존이 대답했다. 하지만 존은 다시 우울해진 얼굴로 말을 이었다.

"부모님이 허락해 주실지는 모르겠지만요. 제 건강 때문에 한국으로 가는 걸 허락하지 않을지도 몰라요."

"내가 보기에는 충분히 건강해 보이는데."

이신은 모른 척 말했다.

"그래요? 그러고 보니 오늘은 많이 괜찮아진 것 같아요."

"한 번 병원에 가서 체크를 받아보는 건 어떨까?"

"네, 그렇지 않아도 한 번 병원에 갈 때가 되긴 했어요."

"그래."

이신은 짐짓 다정한 척 존의 어깨를 또 두드려 주었다. 그러면서 치유의 힘을 다시금 불어넣었다. 혹시 몰라서였다.

그날 저녁이 되자 다른 가족들이 다 같이 집에 돌아왔다.

아버지, 어머니, 그리고 주디보다 10살이나 많은 장남이었다. 그들은 한국말을 할 줄 몰라서 주디가 통역을 해줘야 했다.

주디의 통역을 통해 대화를 하며 악수를 차례로 했다.

주디의 아버지는 제임스 레벨린, 어머니는 안나 레벨린, 그리고 장남은 아버지와 이름이 같은 제임스 레벨린 주니어였다.

그런데 이신은 문득 의문이 들었다.

아버지도 어머니도 오빠도 동생 존도 전부 금발이었다. 그런데 주디만 혼자 흑발인 것이었다.

그 부분을 조심스럽게 묻자, 아버지와 어머니가 한숨을 쉬며 뭐라고 영어로 말한다.

주디는 무슨 이유인지 통역을 못 하고 얼굴을 붉혔다.

동생 존이 웃으며 말했다.

"누나는 모든 걸 다 선생님과 똑같이 하고 싶어 했어요. 키보드도 마우스도 전부 똑같은 걸 쓰고 머리색도 똑같이 하겠다고 염색했어요."

"염색이었나."

금발 기미를 전혀 안 보여서 몰랐다.

주디는 부끄러운지 이신의 시선을 슬금슬금 피했다.

"금발이 더 예쁠 것 같은데."

이신이 한마디 툭 던졌다. 그 말에 주디의 표정이 변했다.

그날 이신은 레벨린 가족과 식사를 했다. 그리고 미용실을 다녀오겠다고 후다닥 외출한 주디는 금발이 되어 돌아왔다.

"어울려요?"

"어."

"예뻐요?"

"어."

주디는 배시시 웃으며 좋아했다.

그 뒤, 이신은 연습을 할까 싶었지만 주디가 산책을 하자며 붙잡고 밖으로 끌고 나갔다.

'하긴, 쉬는 게 목적이었지.'

명색이 휴가였는데 비행기 안에서도 밴쿠버에 도착해서도 게임만 한 이신이었다.

"나도 갈래."

두 사람이 밖을 나서려 하자 존도 외투를 걸치고 따라 나섰다. 어머니 안나와 형 제임스가 만류했는데, 존은 끝까지 고집을 피웠다.

결국 존은 허락을 받아내고는 두 사람을 따라 나섰다.

"오늘은 가볍게 산책만 하고, 내일은 스탠리 파크에 가요."

"차타고 오다가 본 그 큰 공원?"

"네. 자전거 타고 둘러보면 정말 좋아요."

"나도 갈 거야."

“괜찮겠니?”

주디가 걱정된다는 듯이 동생 존에게 물었다. 존은 콧방귀를 뀌었다.

“걱정은 부모님과 형으로 충분해. 지금은 좀 상태가 괜찮단 말이야.”

“응, 그래 보이긴 해. 기분이 좋아서 그런가?”

“헤헤, 그런가 봐. 카이저를 이렇게 만나게 되다니, 꿈만 같아.”

존도 주디도 이신을 보며 싱글벙글했다. 자신의 광팬인 남매를 보며 이신은 피식 웃었다.

그러고 보면 차이도 그렇고, 묘하게 이신의 마음에 드는 인재들은 하나같이 외국인이었다. PC방이 많은 한국이 e스포츠 인재가 탄생하기에 좋은 여건임이 틀림없는데도 말이다.

‘어쩌면 게임에 대한 인식 때문인지도 모르지.’

프로게이머가 되고 싶다고 말해도 부모님의 지지를 받지 못한다. 그런 사회풍토가 한국 e스포츠의 가능성을 짓밟고 있는 게 아닐까 싶기도 했다. 교육의 영향 탓에 창의성보다는 널리 알려진 정석 빌드 오더를 따라 하기에 급급한 연습생 몇 아마추어들의 태도도 포함되어 있고 말이다.

산책을 마치고 돌아왔을 때, 부모님이 존의 상세를 걱정스레 살피더니 놀라워했다.

주디가 그들의 말을 통역해 주었다.

“놀라고 계세요. 보통 찬바람 이렇게 오래 쐬면 눈에 띄게 안 좋아졌거든요. 그런데 오늘은 이상하게 존이 건강해요.”

아니나 다를까, 이신의 치유가 효과를 발휘한 것임이 틀림없었다.

주디의 집에서 머무는 동안 이신은 함께 밴쿠버 시내와 인근 지역을 관광 다니며 한가로운 한때를 보냈다.

남매가 꼭 붙어서 이신의 밴쿠버 관광을 시켜주었는데, 레벨린 가족은 다들 존의 활발한 활동에 놀라워했다.

미숙아로 태어난 존은 어릴 적부터 체력이 약하고 지나치게 잔병치레가 심해 걱정이 많았는데, 최근 들어 웬일인지 열심히 돌아다녀도 지친 기색이 없어 다들 기뻐했다.

"이게 다 저 이신이라는 청년 덕분인 것 같아요."

"녀석 참, 열렬히 좋아하는 사람이 놀러오니까 기분이 좋아서 컨디션도 덩달아 괜찮아진 모양이야."

"존이 저렇게 즐겁게 다가 놀다 오는 게 대체 얼마 만에 보는지 모르겠네요."

"이거, 이신이 더 오래 머물러 있었으면 좋겠는데."

레벨린 부부는 이신은 굉장히 호의적으로 바라보게 되었다.

관광을 하고 돌아와서는 게임 연습을 했다. 그래도 광기신족 최영준과의 일전을 앞두고 있으니, 휴가라고 손을 놓고 있을 수는 없는 법이었다.

대최영준 훈련을 온라인에서 MBS 선수들과 연습게임을 하며 준비했는데, 주디로부터 뜻밖의 제안을 받았다.

"코치님! 존 패트릭이 연습을 도와주겠대요."

주디가 흥분해서 소리쳤다.

"존 패트릭?"

"그 있잖아요. 옛날에 코치님한테 월드 SC 그랑프리에서 진 신족 선수요."

"그런 선수가 한둘이어야지."

월드 SC 그랑프리에서 이신을 만나 지지 않은 선수는 없었다. 한 세트라도 따낸 선수도 손꼽힐 정도였으니 말 다한 셈이었다.

"선생님과 존 패트릭의 경기를 보다가 누나랑 제가 선생님의 팬이 된 거예요."

존 역시 흥분했는지 상기된 얼굴로 부연 설명을 해주었다.

그제야 뭔가가 떠올랐다.

"아, 그때 처음 봤을 때 얘기했던?"

"네."

"내 연습을 도와주겠다고?"

주디는 고개를 끄덕였다.

"존 패트릭은 현재 선수 생활을 은퇴하고 밴쿠버SCC의 코치로 있어요. 밴쿠버SCC의 선수들과 연습하게 해준댔어요."

자초지종은 이러했다.

이신의 제자가 된 주디는 캐나다에서 꽤나 유명인사가 되어 있었다.

본래부터 굴지의 재벌 레벨린 가문의 상속녀로 널리 알려진 주디. 예쁜 외모는 물론, 보통 여자들과 달리 게임을 굉장히 잘하는 면모 때문에 캐나다의 e스포츠 팬들에게도 인기가 있었다고 한다.

하물며 e스포츠의 신이라 불렸던 이신의 제자가 되고 한국에서 프로로 데뷔하자 관심이 증폭된 것은 당연한 일이었다.

그런 주디가 이신과 함께 캐나다에 입국했다는 이야기가 전해지자 캐나다 e스포츠계에서 많은 관심을 드러냈다.

밴쿠버SCC의 코치인 존 패트릭도 주디에게 연락을 해서 그런 제안을 했다.

스타성 있는 주디를 영입하려는 것도 있었고, 내친 김에 이신에게도 추파를 한 번 던져 보겠다는 밴쿠버SCC의 의도였다.

"사양할 이유가 없지."

이신이 대꾸했다.

밴쿠버SCC라면 캐나다 프로리그에서도 톱을 다투는 명문 프로 팀으로 알고 있었다.

그런 곳에서 초대하는데 거절할 이유가 없었다.

"저도 가도 되죠?"

존이 물었다.

이신은 생각 끝에 고개를 끄덕였다.

안 될 건 없었다. 한국에 데려가고 싶었지만, 혹시나 밴쿠버SCC에서 존을 주목한다면 그도 나쁘지 않았다.

아쉬워도 존에게는 한국보다 가족이 있는 이곳이 더 좋은 환경일 테니 말이다.

크라이슬러 리무진을 타고 밴쿠버 시내로 이동했다.

관광을 위해 중간에 내려서 거리를 걸었는데, 밴쿠버에 의외로 한국인이 많아 놀랄 정도였다.

"이신 선수 아니세요?"

"사인 좀 해주세요."

주로 유학생들이었는데, 이신은 중간 중간에 유학생들의 요청을 받아 사인을 하거나 심지어 함께 사진을 찍어줘야 했다.

그렇게 15분 정도 걷고 중간에 길거리 공연도 보다가 밴쿠버 SCC의 연습실이 있는 빌딩에 도착했다.

빌딩에 들어서자마자 안에 있던 직장인들로 보이는 캐나다인들이 수군거렸다. 주로 주디를 알아본 모양이었다.

그런데 뜻밖에도 이신을 보고 놀라는 사람들도 많이 보였다.

"날 알아보는데?"

"말씀드렸잖아요. 코치님은 유명하시다고요."

"농구로 치자면 마이클 조던이에요."

주디와 존이 찬양을 하기 시작했다.

그때, 멀리서 머리가 반쯤 벗겨진 마른 중년 사내가 달려왔다.

"카이저!"

그는 헐레벌떡 나와 이신에게 대뜸 악수를 청했다.

"밴쿠버SCC의 수석코치 조지 로래요."

"어, 반갑다고 그래. 예전에 월드 SC 그랑프리에서 봤던 것 같네."

"네, 당시 존 패트릭의 전담 코치였어요."

조지 로는 이신 일행을 안으로 인도했다.

빌딩의 20층에 커다란 사무실이 하나 보였는데, 컴퓨터가 빼

곡하게 들어찼고 그 안에서 선수들이 게임을 했다.

게임을 하는 모습치고는 대단히 치열했다.

밴쿠버SCC.

캐나다의 SC 프로리그에서 수위를 다투는 명문 프로게임단으로, 월드 SC 그랑프리 단체전에도 심심찮게 출장하는 실력 있는 팀이었다.

이신은 깔끔하고 잘 이루어진 밴쿠버SCC의 연습실 시설에 놀랐다.

게임을 하는 연습실과 휴게실, 전략분석실, 시청각실, 회의실 등등 모든 것이 아주 넓고 여유 있는 공간으로 넉넉하게 이루어져 있었다.

특히나 전략분석실은 전혀 새로웠다. 그 안의 사내들은 플레이 영상과 통계 그래프를 함께 스크린에 갖다놓고 토론을 벌이고 있었다.

이윽고 한 연구원이 정리된 자료가 들어 있는 태블릿PC를 갖고 선수들의 연습실로 갔다.

그러고는 한 선수에게 보여주면서 구체적인 지시를 내렸다.

선수는 고개를 끄덕이며 들려 주는 이야기에 귀를 기울이고 있었다.

오싹한 기분마저 들었다.

'저런 곳에 내 리플레이 파일이 하나만 들어가도 낱낱이 분석당하겠군.'

프로들은 누구나 수많은 경험으로 통계 데이터를 축적하고 있고, 이 때문에 아마추어보다 훨씬 강하다. 그런데 만약에 전문가들이 실제 수학을 도입해서 구체적인 통계치로 분석을 하고 선수들에게 가르친다면 어떨까?

그건 상상만으로도 무서웠다.

왜 그랑프리 단체전에서 한국이 서양 프로 팀들을 이길 수 없는 것인지 알 것 같았다.

저것에 비하면 한국은 지나치게 주먹구구식이었다. 큰 금액을 투자받지 못하니 저런 시스템을 구축할 수 있을 리 없었다.

팀을 간신히 유지할 최소한의 금액만 후원하고 홍보 효과는 최대로 뽑아내는 것이 프로 팀 스폰서 기업들의 태도였다.

그 최소한의 금액에 대해서도 기업들마다 생각이 달랐다. 어떤 팀은 선수들에게 제대로 된 식사를 제공할 금액도 후원받지 못해 라면을 먹이는 경우까지 있었다. 2부 리그 쪽으로 내려가면 그런 팀들이 수두룩했다.

"어떻습니까?"

조지 로가 물었다.

주디의 통역으로 질문을 받은 이신이 대답했다.

"여기서 연습해서 내 리플레이 파일들을 줘도 되는 건지 무섭습니다."

그 말을 전해들은 조지 수석코치는 크게 웃었다. 주디도 웃으며 통역해 주었다.

"아무리 많은 데이터를 쌓아놓고 분석해도 코치님을 이길 수 없었대요."

"그때는 기본적인 컨트롤 능력과 멀티태스킹, 반사 속도 등에서 따라잡을 수가 없어서 아무리 좋은 대응책을 내놓아도 이길 도리가 없었지."

조지 수석코치의 말이 계속되었다.

"하지만 지금은 그런 기본 스펙도 어느 정도 따라왔기 때문에 전략실의 연구가 성과를 발휘되기에 충분한 조건이 이루어졌지."

그는 별안간 이신 일행을 전략실로 안내했다.

전략실의 여러 연구원들과 인사를 나눈 뒤, 이신 일행을 자리에 앉혔다.

"보여줄 게 있소. 이건 카이저에게 경의를 표하는 의미의 선물이오."

주디의 통역을 들은 이신은 흥미를 드러냈다.

이윽고 프로젝터가 쏜 영상이 스크린에 나타났다.

rush_Joon

그것은 최영준의 닉네임이었다.

이어지는 화면은 최영준의 플레이 영상 하이라이트였다. 병력을 쭉쭉 뽑아내면서 팽팽했던 회전(會戰)에서 점점 승기를 잡아나가는 과정들…….

똑같은 조건에서 똑같이 붙었는데, 물량이 계속 뿜어져 나오며 거의 억지로 밀다시피 상대를 궁지로 몰아넣었다.

그때, 옆에 숫자들이 나왔다.

바로 최영준과 상대의 병력 생산 속도를 나타내는 것이었다. 정확한 수치로 물량 생산 능력의 격차가 그려지고 있었다.

심지어 각 확장 기지에서 채집하는 자원량의 차이까지도 구체적인 숫자로 나타났다.

자원 채집량에서도 우위.

병력 생산량에서도 우위.

그리고 자원 채집–병력 생산–전투 사이클이 수치화되었다.

큰 싸움에서의 대병력 컨트롤에도 능한 최영준.

그렇게 싸우는 와중에도 계속 참회실에서 쉼 없이 병력을 찍어내는 멀티태스킹. 그리고 무서운 확장 능력.

싸움이 한 번 터질 때마다 최영준의 확장 기지가 늘어났다.

그게 수치화되어서 구체적으로 보여주니 새삼 최영준의 진가를 알 수 있었다.

광기신족.

실로 미친 물량이었다.

'정말 천재군.'

Player_SIN으로 붙어보기도 하고 플레이 영상을 보고 따라하기도 했던 이신은 저 수치를 보자 더욱 최영준의 실력을 실감할 수 있었다.

저 구체적인 수치가 최영준에게는 없었다. 최영준은 그저 본능에 따라 자원최적화를 해내고 있었다.

확장 기지에 일꾼을 얼마나 배분해야 최적의 자원 채집 효과가 나오는지, 최영준은 놀랍게도 '눈대중'으로 알고 있었다.

저런 게 훈련으로 만들어질 리가 없었다. 그냥 타고난 천재였던 것이다.

"최영준을 이기는 방법은 크게 두 가지로 나뉩니다."

프레젠테이션을 시작한 사람은 다름 어닌 존 패트릭.

존 패트릭은 이신과 눈이 마주치자 살짝 눈웃음을 지어 보였다. 얼굴을 보자 비로소 이신도 그가 누군지 기억이 떠올랐다.

"첫째는 빠른 타이밍의 치즈러시."

최영준이 패배한 영상들이 보였다.

얼마 전에 황병철이 최영준을 격파한 그 경기 영상.

황병철은 뒤가 없는 독침충 올인으로 최영준이 힘을 발휘할 시간조차 주지 않고 끝내 버렸다.

"대단한 명경기였지만, 이건 그다지 참고가 되지는 않습니다. 저걸 흉내 낼 수 있는 사람이 몇 안 되니까요."

최영준의 디펜스는 준수했다. 상대가 일반적인 괴물 플레이어였다면 막아냈을 터였다.

하지만 상대가 하필 황병철. 그것도 부활한 이단자였다.

독침충들이 극한의 무빙을 선보였다. 독침을 쏘고 딜레이 타임에 전진, 다시 쏘고 전진, 쏘고 전진!

황병철의 컨트롤이 정확한 분석으로 드러났다. 독침충이 독침을 쏘는 방향이 화살표로 표기되었다.

독침충들의 일점사가 너무나 효율적이었다. 가장 큰 장애물이 무엇인지 정확하게 포착하고 우선적으로 파괴시켜 나가는 돌파력!

"선수들에게 이걸 요구하는 건 무리거든. 한국에는 정말 대단한 선수들이 많은 것 같소."

존 패트릭이 말을 이었다.

"아무튼 이 시점까지의 최영준은 광기신족이 아닌, 그냥 준수한 신족일 뿐입니다. 바로 이 시점이 지나기 전에 승부를 보는 것이 주효 전략 중 하나입니다."

쉽게 말해, 최영준의 물량이 폭발하기 전에 끝내자는 것이었다. 하지만 인류에게는 저 시점 안에 신족을 끝낼 방법이 치즈러시 외엔 없었다.

'가만?'

그 순간 이신의 뇌리에 무언가가 떠올랐다.

눈앞에서 엄청난 독침충 무빙을 펼치고 있는 황병철을 보니, 갑자기 영감을 받았다.

'잘만 하면……!'

너무나도 재미있을 것 같다는 생각이 들어 가슴이 두근거렸다.

"다른 하나는 튼튼한 디펜스와 유닛 생산 사이클로 최영준에게 맞서는 것으로, 박영호가 보여준 패턴입니다."

이신은 주디의 통역을 통해 프레젠테이션을 들었다.

박영호와 최영준의 경기가 보이고 있었다.

"하지만 선결 과제는 박영호처럼 빠른 대응 속도를 갖춰야 하는 것."

공격받은 순간, 박영호의 괴물주술사가 흑안개를 펼치고 반격하는 속도는 그야말로 전광석화였다.

인류도 신족도 저 속도를 쫓아가는 선수가 극히 드물었다.

"여기까지 설명을 드렸는데, 의문이 들지 않으십니까?"

"괴물 얘기만 했잖아."

이신이 한마디 했다.

주디가 통역해 주자 존 패트릭은 고개를 끄덕였다.

"맞습니다. 최영준에게 패배를 안겨준 사례는 대부분이 괴물입니다. 종족 상성상 괴물이 신족을 이기기 때문이죠. 동족전에서도 거의 진 바가 없고, 인류를 상대로는……."

존 패트릭이 웃으며 말을 이었다.

"다전제에서는 아직까지 한 번도 없습니다. 인류 플레이어에게는 끔찍한 재앙이지요."

"……."

그랬다.

가장 중요한 것은 종족 상성!

신족은 인류를 이긴다.

그 상성이 극단적으로 드러난 것이 바로 최영준이었다. 심지어 신족의 천적인 괴물을 상대로도, 박영호 외에는 좀처럼 지지 않았다.

"그렇다면 인류 플레이어로서 최영준을 꺾을 수 있는 가장 유력한 사례를 찾아보도록 하지요."

화면이 전환되고 또다시 플레이 영상이 재생되었다.

이신은 눈을 크게 떴다.

바로 자신의 영상이었다.

정확히는 Player_SIN으로서 개인방송 중이던 최영준과 온라인에서 붙었던 그 내용이었다.

"저걸 어떻게 손에 넣었지?"

"방송을 실시간으로 녹화했습니다. 조금 꼼수를 부렸는데, 손에 넣은 보람이 있었습니다. 인류가 다전제로 최영준을 이긴 보기 드문 사례였으니까요."

아주 무서운 놈들이었다. 개인방송까지도 실시간으로 녹화해서 분석 데이터로 쓰다니.

그런 것을 방지하고자 개인방송의 다시 보기 영상을 게시하지 않는데도, 결국은 손에 넣고야 마는 것이었다.

아무튼 영상은 Player_SIN이 최영준을 상대로 2연승을 거두는 모습이 나왔다.

한 번은 치즈러시로, 또 한 번은 최영준의 센터 참회실을 가뿐하게 막아내는 걸로.

그렇게 3판 2선승제의 대결에서 승리를 거둔 뒤, 마지막으로 한 판을 더 붙었다.

그리고 물량과 피지컬에 밀려 패했다.

보다 효율적인 싸움을 했지만, 최영준은 보다 효율적인 전략을 구사했다.

"처음 두 세트는 최영준의 장기가 발휘되기 전에 끝낸 경우죠. 다음은 장기전에서 최영준을 이길 수 있는 방법입니다."

최영준과 끈질기게 싸웠던 Player_SIN, 즉 이신이 펼친 플레이는 바로 고속전차와 지뢰였다.

배후에 지뢰를 매설해 후속 병력을 지연시키고, 지뢰를 다 매설한 고속전차는 견제 플레이에 써서 자원 채집을 방해한다.

"이 전략은 아주 유효했습니다. 피지컬에서 밀리지 않았다면, 결국 병력 손실이 더 큰 최영준이 먼저 자원이 바닥나 패했을 테니까요."

문제는 최영준의 자원이 바닥날 때까지 저 격렬한 싸움을 지속할 수 있는 피지컬이 필요하다는 것이었다.

그렇게 프레젠테이션이 끝난 후, 존 패트릭이 물었다.

"어떠셨습니까?"

이신이 답했다.

"괜찮았습니다. 특히 플레이가 수치화된 것이 인상적이었습니다."

최영준의 자원 최적화와 일꾼 배분을 정확한 숫자로 표현한 것이 감명 깊었던 이신이었다.

'가능하면 우리나라에도 이런 팀이 만들어졌으면 좋겠군.'

지금이야 플레잉 코치지만, 정식으로 지도자의 길을 걷게 된다면 바로 이 밴쿠버SCC 같은 팀을 목표로 하고 싶었다.

"그럼 오신 김에 약속드린 대로 연습 게임을 주선해 드리겠습니다."

"바라던 바입니다."

"참고로 전 그때의 원한을 아직 잊지 않고 있습니다. 이참에 복수하는 것도 좋겠군요."

존 패트릭이 씨익 웃으며 덧붙였다.

"얼마든지."

이신도 미소를 지었다.

그렇게 시작된 연습은 무려 30여 게임이나 진행되었다. 밴쿠버 SCC 선수들이 너도나도 붙어보고 싶어 했던 것이다.

그들의 바람 탓에 이신은 신족이 주 종족이 아닌 선수들도 상대해 줘야 했다.

주디는 물론이고 존까지도 밴쿠버SCC의 현역 프로게이머들과 함께 연습을 할 수 있는 영광을 얻었다.

밴쿠버SCC의 선수들의 관심사는 단연 이신. 즉흥적으로 시작된 수십여 판의 연습이었음에도 이신은 70% 대의 승률을 거두었다.

가벼운 마음으로 한 번도 붙어보지 못했던 낯선 선수들과의 대결. 게다가 상대는 이신에 대해 잘 알았음에도 오랫동안 왕좌에 군림했던 경험과 기본기로 계속 승리를 따낸 이신이었다.

"역시 대단해."

"컨트롤 하나하나에서 위압감이 느껴져."

"어째 정찰 들어온 일꾼 컨트롤조차도 격이 다르군."

"저런 컨트롤은 한국인 특성이잖습니까."

상대방의 본진에 정찰 들어온 이신의 건설로봇이 본진을 쭉 둘러보며 정보를 캔다.

바퀴 4마리가 생산되어 달려드는데 요리조리 기막힌 운전으로 피해 다닌다. 건설로봇의 체류 시간이 길어질수록 승기는 이신에게로 기운다.

테크 트리가 지체되어서는 안 되기 때문에 하는 수 없이 자신이 어떤 건물을 짓는지를 보여줄 수밖에 없는 것.

이신은 그렇게 상대의 빌드 오더를 확인한 뒤, 그에 알맞은 대응 전략을 펼치기 시작한다. 그러고는 능숙하게 승리를 가져가는 안정적인 운영.

슈퍼플레이와 공격성에 가려졌을 뿐, 사실 안전한 운영 또한 이신의 특기 중 하나였다.

고난도의 기교를 잘 부릴 줄 아는 선수가 기본을 못할 리 없는 것이었다. 주디의 탄탄한 플레이가 누구에게서 배운 것인지를 보면 알 수 있었다.

"초반 정찰을 막는 데 주력해."

존 패트릭 코치의 지시에 선수들의 플레이에 변화가 생겼다. 초반부터 강한 경계로 이신의 정찰을 차단하는 디펜스였다.

그때부터 이신이 동원한 것은 바로 눈치.

맵의 지형적 특성과 앞마당 확장 기지를 가져가는 타이밍 등을 고려하며 상대의 의도를 파악해 냈다.

게다가 이신도 똑같이 정찰을 허용하지 않았기 때문에 치열한 정보전이 펼쳐졌는데, 그런 눈치 싸움이 되니 유리한 건 경험이 풍부한 이신이었다.

밴쿠버SCC 선수들에게도 좋은 경험이었다.

"이겼어! 맙소사, 내가 카이저를 이기다니!"

간혹 연습 게임에서 이신을 이길 때마다 어린 캐나다 선수가 펄쩍 뛰며 기뻐했다.

연습이니 이길 때도 질 때도 있는 법인데, 상대가 선망과 동경의 대상이었던 레전드다 보니 그런 반응이 나올 수밖에 없었다.

그런 경험을 통해 자신감을 갖게 되는 밴쿠버SCC의 선수들이었다. 이신의 입장에서도 좋은 경험이었다.

'정말 탄탄한 전략을 구사하는군.'

모든 상황에 대해 매뉴얼을 갖춰놓고 있는 듯한 밴쿠버SCC의 선수들이었다.

적어도 그들은 '할 게 없는 상황'에 몰려 패하는 일이 없었다.

언제나 뚜렷한 전략적 목표를 갖고서 플레이를 했다.

명확한 목표의식과 방향성을 갖고 일관되게 나아가는 플레이.

다만 경험과 심리전 스킬 부족으로 그 방향성을 곧잘 이신에게 읽혀 버린다는 게 문제였지만 말이다.

아무튼 그런 선수들의 플레이를 보면서, 이신은 세계적인 전략의 추세를 체험할 수 있었다.

"어땠습니까?"

"좋은 선수들이었습니다."

존 패트릭의 질문에 이신은 솔직하게 평가를 했다.

"기본기와 전략이 탄탄해 쉽사리 이길 수 없었습니다. 확실히 평균적인 팀 역량은 한국보다 더 우위군요."

"카이저에게 칭찬을 듣다니 보람이 느껴지는군요. 영광입니다."

존 패트릭은 순수하게 기뻐했다.

이신은 어깨를 으쓱했다.

"세계무대에서 한국이 좋은 성적을 거둔 건 개인전뿐입니다. 밴쿠버SCC는 단체전에서도 매번 좋은 성적을 거두는 강팀이니 오히려 제가 많이 배워갑니다."

"사실 저희가 카이저에게 원하는 것은 바로 그런 부분입니다."

존 패트릭이 말했다.

"한국은 확실히 전체적인 역량에서 이미 우리 캐나다를 포함한 여러 나라들에게 추월당한 지 오래입니다. 프로리그의 규모와 인프라에서 격차가 벌어졌으니 당연한 일입니다. 하지만 한국은 꼭 특출한 선수를 배출하더군요. 카이저는 물론이고, 보다 예전에는 최환열 선수도 그랬고, 지금은 박영호나 최영준 같은 선수가 대표적이지요."

"……."

"그 비결이 궁금합니다. 단지 한국인이라서 타고나는 재능인지, 아니면 아직 우리가 모르는 비결이 있는 것인지 알고 싶습니다."

존 패트릭은 마침내 본론을 꺼냈다.

"MBS와는 1년 단기 계약이라고 들었습니다."

"맞습니다."

"우리는 카이저를 스카우트하고 싶습니다. 선수로든, 지금처럼 플레잉 코치든 당신을 꼭 우리 밴쿠버SCC로 모시고 싶습니다. 물론 당신의 제자들도 마찬가지고요."

존 패트릭은 존을 바라보았다.

"여기 주디 양의 동생 분도 당신의 제자가 맞지요?"

"굳이 따지자면 그렇긴 합니다."

이신의 대답에 존의 표정이 한껏 밝아졌다. 카이저의 제자로 인정받은 기쁨이었다.

"주디 양과 존 군은 독특한 남매더군요. 카이저의 장점을 둘이서 사이좋게 나눠가진 것 같아요. 그리고 두 사람 외에도 또 차이라는 소년도 제자로 데리고 있지요? 그 소년의 플레이도 인터넷에서 본 적이 있는데, 역시나 범상치 않았습니다."

"……."

"우리도 당신의 그 특별함을 얻고 싶습니다. 무엇보다 우리 밴쿠버SCC는 돈이 많습니다. 당신과 당신의 제자들 모두에게 최고의 대우를 해줄 자신이 있습니다. 다른 팀에서 얼마를 부르든, 거기에 웃돈을 얹을 자신이 있다는 뜻입니다."

존 패트릭은 주디와 존을 보며 말을 이었다.

"두 사람에게도 고향인 이 밴쿠버가 더 활동하기 좋을 테고, 카이저 또한 이제는 한국이 아닌 다른 무대를 경험해 볼 필요가 있지 않겠습니까? 훗날 지도자의 길을 걸을 생각이 있다면, 이 밴쿠버SCC가 당신에게 좋은 경험을 줄 겁니다."

"…긍정적으로 생각해 보겠습니다."

이신은 그렇게 답했다.

"오늘은 그 말씀만으로 만족합니다."

존 패트릭은 싱긋 웃어 보이며 대화를 마무리했다.

이야기를 마치고 돌아가는 길에, 존이 크게 흥분했다.

"지금 저까지 같이 영입하겠다고 한 것 맞죠?!"

"어."

"세상에! 나도 프로게이머가 될 수 있는 건가요?"

"가능해."

이신이 대꾸했다.

존은 주디에게도 없는 컨트롤 센스가 있었다. 다만 선천적인 건강 문제에 의한 약한 피지컬이 단점이지만, 그것은 이신의 치유로 해결될 수 있다.

"우리가 다 같이 이곳 밴쿠버에서 선수 생활을 한다면 정말 꿈만 같을 거예요!"

"그만해."

존의 말에 주디가 꿀밤을 때리며 주의를 주었다. 아직 어린 존은 누나가 왜 눈치를 주는지 이해하지 못했다.

이신은 고민에 휩싸였다.

밴쿠버SCC는 확실히 선진적인 인프라를 갖춘 명문 팀이었다.

체계적으로 선수를 강한 게이머로 성장시킬 줄을 안다. 배울 점도 많다.

하지만 그렇듯 과학적이고 명쾌한 시스템이 구축된 팀 안에서 자신이 무엇을 할 수 있는지 의문이 들었다.

이신은 워낙에 타고난 천재였다. 언제나 직감으로 싸워왔지, 과학적인 이론으로서 싸운 적이 없었다.

'하지만 장점이 많은 팀인 건 사실이니 고민을 해봐야겠군.'

일단은 개인리그가 끝날 때까지 그 고민을 잠시 접어두기로 했다.

*　　　*　　　*

그날 저녁.

레벨린 가의 저택에서 쉬고 있을 때, 인터넷에서는 또다시 이신의 이름이 오르내리며 화제가 되었다. 밴쿠버SCC의 선수들이 이신과 함께 연습한 이야기를 SNS에 올렸기 때문이었다.

—신과 제자, 밴쿠버SCC로?

—이신 초청해 함께 연습한 밴쿠버SCC "이신, 배울 게 많은 선수"

—존 패트릭의 찬사 "카이저는 위대한 선수"

—이신을 연습에 초대한 밴쿠버SCC, 신을 영입하기 위한 포석?

—밴쿠버SCC 선수들의 찬사 이어져 "e스포츠의 전설과 연습할 수 있어 영광"

제6장

결승을 향하여

"선생님, 우리 같이 게임해요!"

존은 잔뜩 들떠 있었다. 그럴 수밖에 없었다.

이곳은 현재 한국으로 향하는 전용기 안이었던 것이다.

존은 이신과 함께 프로게이머의 길을 걷기로 결심하였다.

물론 쉬운 결정은 아니었다. 일단은 반대하는 부모님으로부터 허락을 받아야 했으니 말이다.

처음에는 반대할 수밖에 없는 레벨린 부부였다. 병약한 존을 만리타국으로 보내기가 쉬울 리 없었다. 게다가 건강도 건강이지만 학업 문제도 있었고 말이다.

하지만 이신을 만나고부터 부쩍 건강해진 존의 모습 때문에 레벨린 부부는 크게 마음이 흔들렸다.

하고 싶은 일을 하게 하는 것이 존의 건강을 위한 길이 아닐까 고민할 수밖에 없었던 것.

이신도 그런 레벨린 부부의 걱정을 모른 척할 수가 없었다. 본인 역시 부모님의 완강한 반대를 겪어봤으니 말이다.

"존, 프로게이머가 되고 싶다면 굳이 나를 따라올 필요도 없이 밴쿠버SCC에 넣어줄 수 있어. 계속 밴쿠버에 있으면 학업도 포기하지 않아도 되고, 밴쿠버SCC의 선진적인 교육시스템의 도움을 받아 성장할 수도 있지."

"하지만 전 카이저가 더 좋아요."

"인생을 결정할 문제야. 겨우 그 정도 이유 갖고는 안 돼."

이신은 명확히 선을 그었다.

"내 팬이라서, 누나랑 같이 갈 수 있어서, 겨우 그 정도 이유뿐이라면 널 데려갈 수 없어."

"그럼요?"

"네가 나를 따라 한국에 가는 것이 밴쿠버SCC를 택하는 것보다 더 좋은 선택인 이유를 내게 설명해 봐."

그날 존은 하루 종일 끙끙 앓다가 글을 빼곡히 적은 종이 한 장을 들고 왔다.

"여기요."

이신은 종이에 적힌 글을 슥 훑다가 그것을 주디에게 내밀었다.

"해석."

이신이 긴 영문을 읽을 수 있을 리 없었다.

주디가 대략적으로 해석해 준 내용은 다음과 같았다.

첫째, 존은 이신의 플레이를 보며 배웠고, 따라서 이신에게 배우는 것이 효과적이다.

둘째, 이신은 이미 주디를 1군 프로로 단시일에 데뷔시킨 성공 사례가 있는 믿을 수 있는 스승이다.

셋째, 이신의 제자라는 타이틀은 무엇보다도 값진 것으로, 선수가 되었을 때 인지도 향상에 크게 도움이 될 것이다.

넷째, 이미 먼저 선수 생활을 하는 누나가 있으니 이것저것 조언받기 쉽다.

다섯째, 어릴 적부터 늘 과보호를 받은 탓에 몸이 더 약해졌다고 생각한다. 부모님의 곁을 떠나 진정한 남자가 되고 싶다.

여섯째, 지구 반대편이라지만 전용기 타고 금방이다.

이신은 그 종이를 레벨린 부부에게도 보여주었다.

이를 본 레벨린 부부는 한숨을 쉬며 허락했다.

"아들을 잘 부탁드리겠소."

"맡겨주셔서 감사합니다."

"지원을 아끼지 않을 테니 모쪼록 우리 아이들이 성공할 수 있도록 도와주시오."

"예."

그렇게 레벨린 부부와 약속한 이신은 존도 제자로 삼게 되었다. 그렇게 이신에게 총 세 명의 제자가 생겼다.

김포공항에 도착했을 때, 수많은 인파가 이신을 기다리고 있었다.

"이신 선수, 밴쿠버SCC의 초대를 받아 함께 연습을 했다고 들었는데요."

"했습니다."

"최영준 선수와의 일전을 대비한 훈련이었습니까?"

"예."

"밴쿠버SCC에서 이신 선수에 대해 강한 호감을 드러냈는데, 이에 대해 어떻게 생각하십니까?"

"아무 생각 안 합니다."

주변의 기자들이 웃음을 터뜨렸다. 저런 식의 애매한 질문을 던지면 김빠진 대답이 나오는 게 이신이었다.

"밴쿠버SCC가 이신 선수를 영입할 의사를 보인 겁니까?"

"모릅니다."

"이미 이신 선수를 영입할 의사를 드러낸 수많은 팀 중에 밴쿠버SCC도 있었는데요?"

"근데요?"

이신의 반문에 당황한 기자.

"아, 그, 밴쿠버에서 영입을 하고 싶다는 의사를 정말 보이지 않았습니까?"

"안 했습니다."

이신은 시끄러워질 만한 사항은 대답을 피했다.

"주디 선수, 동생과 함께 왔는데 동생은 관광을 목적으로 온 겁니까?"

"존도 프로게이머 할 거예요."

주디는 정신없는 와중에도 눈을 동글동글하게 뜨고 대답했다.

기사들의 시선은 이제 존에게로 옮겨갔다.

"이신 선수의 제자로서 온 겁니까?"

"네."

존의 그 대답은 큰 파장을 던졌다.

주디, 차이에 이어 존까지, 이신의 제자가 벌써 셋이나 된 셈이었다.

이는 이신이 지도자로서의 길을 서서히 준비하고 있다는 명백한 신호로 팬들에게 비춰졌다.

—벌써 제자가 셋!

—문파라도 만들 생각인가?ㅎㄷㄷㄷ

—이신이 제자들 데리고 프로 팀 결성하면 웃길 듯ㅋㅋㅋ 4인류에 신족은 이신이 커버. 괴물만 한 명 구해오면 되겠다.

—주디의 경우를 봐도 알 수 있는데, 이신 안목이 꽤 괜찮은 듯. 제자들 다 장성하면 정말 엄청날 듯.

—이신과 제자들을 가진 팀이 프로리그를 제패한다!

—내 생각에는, 이신이 이제 월드 SC 그랑프리 단체전을 노리고 있는 것 같다. 단체전은 혼자 아무리 잘해도 안 되니까, 제자들 키우는 듯!

—아주 소설들을 써라ㅉㅉ

—근데 묘하네. 제자 셋이 다 외국인이여. 이신의 노하우를 외국인들이

다 빼먹는 것 아님?

—묘하게 국부유출 각;;;

—ㅋㅋㅋㅋㅋ국부유출이란 놈들 존나 어이없네. 이신이 무슨 군사기밀이라도 빼돌리냐?

—신 님의 노하우가 군사기밀급의 가치가 있긴 하지♡

—이신교 광신도들 여기까지 진출한 거 보소ㄷㄷㄷ

이신과 3명의 제자들은 크게 화제가 되어서 e스포츠의 화두가 되었다.

정말로 이신과 제자들을 얻으면 프로리그를 제패할 수 있을 거라는 말이 우스갯소리, 혹은 도시전설처럼 떠돌았다.

하지만 그것도 잠시. 한국 e스포츠의 화제는 다시 개인리그로 옮겨졌다. 4강전 1경기가 시작된 것이다.

박영호 대 신지호.

작년 후반기에 준우승을 거뒀던 전 MBS의 에이스 신지호.

그리고 이신이 복귀하기 전까지 명실 공히 한국 최강자였던 박영호.

그런 두 사람이 맞붙은 것이다.

우열을 가리기 힘든 대결.

명성이나 성적으로 따지면 박영호의 우세였지만 신지호는 괴물의 천적인 인류 플레이어였다.

또한 철벽괴물 박영호 못잖게 디펜스가 특기인 일류 선수였다.

거기에 최근 들어 컨디션이 좋아져서 엄청난 경기력을 보이고 있으니 승부는 알 수 없다는 것이 전문가들의 중론이었다.

"박영호는 은메달리스트지. 근데 신지호는 누구야?"

"있어. 저 사람도 무지 잘해."

"직접 본 적 있어?"

"전에 쌍성전자 연습실 갔을 때 보긴 했는데 연습은 못 했어. 안 해주더라."

소파에 나란히 앉은 존과 차이는 사이좋게 대화를 나눴다. 나이가 비슷해 친구가 되기로 한 것이었다.

이신의 집 거실.

PC랑 연결시켜 놓은 50인치짜리 대형 디지털 TV에 4강전이 생중계되고 있었다. 그리고 이신과 제자들은 거실에 모여 앉아 그것을 지켜보았다.

존과 차이는 나이가 비슷해서 금세 친구가 되었고, 주디는 그런 둘을 보며 흐뭇하게 웃었다.

처음에는 한국 생활에 적응하기 힘들 거라고 걱정했는데, 다행히 차이와 친해져서 금세 익숙해진 모습이었다.

참고로 존은 이신과 같은 건물의 오피스텔을 구입해 주디와 함께 입주해서 시도 때도 없이 이신의 집에 놀러와 차이와 연습 게임을 하곤 했다.

주디 또한 이신과 출퇴근을 함께하며 큰 만족감을 느꼈다.

—그럼 1세트 시작합니다!

마침내 경기가 시작되었다.

두 사람의 대결은 한 단어로 요약할 수 있었다.

운영.

기업 간의 비즈니스 경쟁처럼, 손익을 따져가며 싸우는 숫자 전쟁이었다.

신지호가 먼저 보병과 의무병을 이끌고 공격에 나섰다. 상대를 공격해 끝내겠다는 의도가 아니었다.

박영호가 방어로 촉수탑 3개를 앞마당에 건설하자, 싸우지 않고 그대로 회군해 버렸다.

촉수탑 3개를 짓는 데 자원을 쓰게 만드는 것이 공격의 목적이었던 것.

다음 턴의 박영호의 차례.

쐐기충들이 생산되자 곧장 신지호의 진영으로 날아갔다. 이를 알고 있는 신지호는 본진과 앞마당에 대공포를 건설하기 시작했다.

그렇게 대공포 건설에 돈을 쓰게 만들어 테크 트리를 늦추는 것이 박영호의 목적이었다. 게다가 인류에게 보병과 의무병 병력이 쌓이면 감당하기 힘들어진다.

따라서 미리 쐐기충으로 공격해 숫자를 어느 정도 솎아주지 않으면 곤란했다.

—박영호 선수의 쐐기충이 들어갑니다. 좀 더 피해를 주지 않으면 안 되죠?

—예, 보병 숫자를 줄여주고 건설로봇도 좀 죽여줘야 괴물주술사가 나올 때까지 시간을 벌 수 있죠.

퍼엉! 펑!

쐐기를 쏘며 건설로봇들을 하나씩 사냥하는 쐐기충들.

신지호는 본진의 곳곳에 건설한 대공포와 보병·의무병의 반격으로 이를 쫓아냈다.

대공포들의 위치가 너무도 절묘했다. 대공포의 공격에 계속 맞던 쐐기충은 오래 활약하지 못하고 후퇴해야 했다.

—아, 신지호 선수의 디펜스가 너무 훌륭하죠!

—예, 아직 피해를 더 줘야 하는데 대공포가 너무 잘 건설되어 있어요. 딱딱 필요한 곳에 배치돼서 쐐기충들이 파고들 틈이 없네요!

다시 신지호의 턴이 돌아왔다. 보병·의무병·기동포탑 2기가 일제히 뛰쳐나왔다.

병력이 곧장 박영호의 진영으로 진격했다. 신지호는 이신처럼 대단한 컨트롤 기교는 없었지만, 대신 기본기가 탄탄했다.

한두 명씩 흘리는 유닛 없이 병력을 잘 통솔하며 차근차근 전진했다.

박영호의 쐐기충이 호시탐탐 빈틈을 엿봤지만, 신지호는 기회를 주지 않았다.

"싸움이 묘하네요."

존이 고개를 갸웃거리며 말했다.

"신지호의 플레이를 잘 봐. 저게 최신 추세야."

"저게요?"

"철저한 계산 싸움이야. 승패를 결정짓는 큰 싸움은 좀처럼 나오지 않아."

"그럼요?"

"상대로 하여금 디펜스에 돈을 쓰게 하기 위해서 공격하는 거야. 모든 전투가 후반을 바라보는 운영의 일환이지."

이신은 존을 보며 말을 이었다.

"그래서 컨트롤은 딱 신지호 정도만 해도 돼. 유닛 컨트롤에 몰두할 시간에 병력과 일꾼을 더 뽑는 데 신경 쓰는 편이 나아."

"그럼 저도 저런 식으로 해야 하는 건가요?"

존은 시무룩한 표정이 되었다.

존은 운영보다는 컨트롤 기교파였다. 최신 흐름에는 그다지 맞지 않은 스타일이었다.

"유행에 따르라고 한 적은 없어. 자기가 잘하는 플레이를 하면 돼."

싸움은 점점 치열해졌다.

괴물주술사가 나오자, 박영호의 반격이 거세게 시작되었다.

신지호는 기갑 체제로 전환하면서 고속전차와 기동포탑으로 맞섰고, 박영호는 번개같이 흑안개를 펼치며 진격해 나갔다.

그 치열한 싸움의 승자는 박영호였다.

—신지호 선수 GG!!

—와아, 1세트부터 35분이 넘는 격전이 나왔습니다!

—박영호 선수도 진땀을 흘린 싸움이었죠. 오히려 신지호 선수도 그다지 실망한 기색이 아닙니다. 싸움은 이제부터라고 말

하는 듯한 표정입니다.

—1세트는 인류의 정석 대 괴물의 정석이었다는 생각이 들 정도로 평범한 대결이었는데, 2세트부터는 어떤 변수가 등장할지 기대가 큽니다. 평범한 빌드만 준비해 왔을 리가 없거든요.

해설진의 말대로 1세트는 전초전에 불과했다.

2세트가 되자 싸움은 더욱 거칠어졌다. 2세트는 전술위성을 대량으로 모은 신지호가 엄청난 장기전 끝에 승리. 3세트는 박영호가 4벌레 러시를 시도하면서 일찍 끝날 거라고 생각했지만, 신지호가 이를 큰 피해를 입은 채 막아내면서 다시 장기전으로 흘러갔다.

'잘하는데?'

이신은 신지호의 운영에 놀랐다.

운영이 너무나 좋았다. 상황이 불리해도 길게 보면 유리한 국면으로 돌려놓을 수 있는 운영을 하고 있었다.

결승행 티켓을 건 두 사람의 대결은 갈수록 치열해지고 있었다.

신지호가 눈물을 흘리고 있었다.

박영호는 웃고 있었다.

두 선수의 희비가 한 화면 안에서 교차했다.

3승 2패의 치열한 접전이었다.

박영호는 쓴웃음을 지으며 조용히 퇴장했고, 신지호는 감격의 눈물을 흘리며 좋아했다.

성격이 모나고 감정적인 기복이 심해도, 게임을 향한 그의 열정은 진심이었다.

실력이, 그리고 눈물이 이를 증명했다.

패, 승, 승, 패, 승.

천국과 지옥을 오가는 승부였다.

철벽괴물 박영호는 자신의 모든 것을 똑똑히 보여주었지만, 애석하게도 신지호가 여느 때보다도 놀라운 경기력을 보였다.

인류라는 종족의 특성은 신지호의 강점, 디펜스와 절묘하게 결합되었다.

그것은 흑안개로 온 화면을 뒤덮으며 가공할 공세를 펼치는 박영호로부터 승리를 지키는 원동력이 되었다. 게다가,

"맵도 좋지 않았어. 박영호가 운이 나빴지."

이신이 짧게 평했다.

프로리그에서 보여준 성적은 박영호의 역량을 더 우세로 친다. 하지만 종족 상성과 맵 상성이 신지호에게 웃어주었다.

박영호의 패인은 그게 전부였다.

달리 실책이 없었는데도 패한, 그 정도로 완벽한 명승부였다.

"선생님, 어때요? 박영호와 신지호 둘 중 누구와 싸우고 싶으셨어요?"

"박영호."

"신지호가 더 꺼려지시나요?"

"같은 인류는 디펜스가 성가셔. 신지호는 웬만해서는 빈틈도

없어서 경기가 다 장기전이 될 수밖에 없어."

"그래도 연습 상대는 여기에 많이 있잖아요."

그렇게 말한 건 주디였다.

이신의 시선이 향하자 주디는 활짝 웃었다.

"열심히 상대해 드릴게요."

"저도요. 최대한 방어 위주로 버티기로 상대해 드릴게요."

차이도 거들었다.

"저도요."

존까지 거들자 이신은 피식 웃었다.

"됐어. 일단은 최영준이 먼저야."

가장 꺼려지는 상대는 신지호. 하지만 가장 강한 상대를 꼽자면 최영준이었다.

이신이 진심으로 감탄하고 배울 정도의 천재성을 지닌 선수. 심지어 인류의 천적인 신족 플레이어였다.

* * *

방진호 감독은 MBS 방송국에서 나왔다. 오전에 선수들의 훈련을 지도하다가 나오는 길이었다.

방송국 건물에서 나오니 우아한 푸른빛으로 빛나는 롤스로이스 팬텀이 대기 중이었다. 뒷자리에 타니 이신이 옆자리에 있었다.

"잘 쉬었어?"

"예."

"준비는?"

"잘됐습니다."

차가 출발했다.

그들은 4강전 2경기를 치르러 가는 길이었다.

방진호 감독은 이신을 슥 보더니 혀를 찼다.

"왜요?"

이신이 뚱한 표정으로 물었다.

"너처럼 재미없는 선수는 처음 본다."

"뭐가요?"

"지나치게 완벽해. 내가 뭔가 해줄 수 있는 역할이 없잖아."

"신인 시절에도 뭔가 팀의 도움을 받은 기억이 없습니다."

이신의 말에 방진호 감독은 피식 웃었다.

이신의 예전 소속 팀의 양아치 근성은 이제 유명한 이야기였다.

돈도 제대로 안 주면서 선수들에게 열정 페이를 요구하는 것은 예사였고, 감독이나 코치나 하는 일도 없어 선수들이 스스로 경기를 준비해야 했을 정도.

결국 그 팀은 이신이 떠나면서 스폰서를 잃고 해체됐다.

"밴쿠버SCC는 어떻디?"

"좋은 팀입니다. 전문가들이 모여서 상대 선수를 분석하고 전략을 연구해 선수에게 오더를 내리더군요."

"허, 정말 명문 팀이네."

방진호 감독은 감탄하며 말을 이었다.

"그 정도는 되는 팀이어야 너를 제대로 서포트해 줄 수 있겠지."

"……."

"좋은 팀에 가라."

의외라는 듯이 바라보는 이신에게, 방진호 감독은 피식 웃었다.

"더 제대로 너를 대우해 주고 물심양면으로 지원해 주는 곳으로 가."

"글쎄요."

"대답이 시원찮은데?"

"좋은 팀이긴 한데 제게 도움이 될지는 잘 모르겠습니다."

"왜 그런지 내가 가르쳐 줄까?"

이신은 방진호 감독을 빤히 쳐다봤다. 어디 아는 게 있으면 말해보라는 표정이었다.

"넌 남을 너무 안 믿어. 네 부모님도, 예전 쓰레기 소속 팀도, 공군 프로 팀도, 넌 여태껏 주변의 지원을 제대로 받아본 적이 한 번도 없어."

"그렇긴 합니다."

"그런데도 재능은 넘쳐서 혼자 다 알아서 해도 충분했지. 그게 독이 되어서 지금에 와서는 주변의 도움이 참견처럼 느껴져 꺼려지게 된 거야."

방진호 감독의 말이 이어졌다.

"하물며 밴쿠버SCC 같은 명문이면 서포트가 장난 아니겠지. 넌 그게 꺼려지는 거야."

"……."

이신은 대꾸를 할 수 없었다. 방진호 감독이 정곡을 찔렀기 때문이었다.

체계적이고 세심한 팀의 지원이 자신의 영역을 해칠까 봐 두려웠다.

지금까지 마음대로 자기 판단대로 해왔던 것이 그곳에서는 제한받을까 봐 거부감이 있었던 것이다.

"너 잘난 거 누가 모르냐. 하지만 너도 완벽한 인간은 아니야. 설령 네가 자신 있는 게임 분야라 해도, 네가 언제까지 완벽하지는 못할 거야."

"압니다."

이신은 과신하지 않았다.

모든 선수가 다 그랬듯, 자신 또한 결국은 슬럼프가 올 것이고, 전성기가 끝날 것이었다.

"거기다가 이제는 지도자로서의 길도 준비하고 있잖아. 그러면 더더욱 네 성격을 고쳐야지."

"딱히 지도자가 되고 싶은 건 아닙니다."

"알아."

방진호 감독은 가볍게 툭 내뱉었다.

"그냥 같이 게임하고 싶은 거잖아. 그래서 제자도 셋씩이나 데리고 있는 거고."

그 한마디가 이신의 가슴을 파고들었다.

방진호 감독은 대수롭지 않다는 듯이 중얼거렸다.

"좋아하는 것을 같이 하고 싶고, 같이 공감하고 싶고, 그게 사람이야. 그게 게임이고."

"…그렇군요."

이신은 창밖을 가만히 바라보았다.

어쩐지 가슴속이 한결 가벼워진 기분이었다.

"오빠, 힘내세요!"

"이신! 이신!"

"오빠 파이팅!"

"꼭 이기세요!"

경기장에 도착했다.

차에서 내리자 팬들이 몰려와 시끄럽게 소리를 질렀다.

사방에서 팬들이 이신을 향해 손을 뻗었다. 옷깃이라도 만져보겠다고 아우성들이었다.

"비켜주세요! 지나가겠습니다!"

운전사 정상범이 소리치며 길을 트려고 안간 힘을 썼다.

문득 그런 생각이 들었다.

이 사람들도 같은 마음인 건가?

같이 게임을 즐기고 싶고 공감하고 싶은 건가?

그래서 그냥 혼자 좋아하지 않고, 그 마음을 표현하려고 이렇게 아우성인 건가?

'그런 건가.'

이신은 두 손을 양쪽으로 뻗었다.

모두가 놀랐다. 하지만 그것도 잠시.

“꺄아악!”

“오빠!”

“이신 파이팅!”

사방팔방에서 팬들이 손을 뻗으며 그의 양손에 하이파이브를 했다.

수많은 온기와 마음이 그에게 전달되었다.

그렇게 이신은 경기장에 입장했다.

대기실에 가는 길에 최영준과 마주쳤다.

“안녕하세요.”

최영준은 공손하게 인사했다.

“어.”

“준비 많이 하셨어요?”

“어.”

“다 들었어요. 밴쿠버SCC에서 저 이기려고 준비하셨다면서요?”

“그냥 휴가였는데 어쩌다 보니 그렇게 됐어.”

“저도 연습 많이 했어요. 지호가 도와줬거든요.”

“신지호가?”

“네. 각오하시는 게 좋을 거예요.”

“각오하고 있어.”

"아참, 그런데 말이에요."

"……?"

"Player_SIN, 형 맞죠?"

"아니."

"맞잖아요."

최영준이 웃으며 물었다. 이신은 끝까지 아니라고 잡아뗐다.

"형 신족 플레이, 제가 보내드렸던 그 개인 화면 보고 하신 거 맞아요?"

"아니라고."

"맞는 것 같은데……."

"아냐."

이신은 얼굴색 하나 안 변하고 뻔뻔스럽게 잡아뗐다.

"아, 정말. 알았어요. 그럼 말이에요, 그 Player_SIN이라는 사람한테 연락이 닿으면, 저한테 신족 배웠으니까 신세 갚으라고 전해주세요."

"어떻게 갚아?"

"시즌 끝나면 같이 합동 방송하자고요. 저한테 신족 배웠는데 그 정도는 해줘도 되잖아요."

"…난 그 사람이 누군지 모르지만 환열이 형은 알지도 모르지. 환열이 형을 통해서 전해줄게."

"히히, 감사합니다. 그럼 오늘 서로 잘해봐요."

싱글벙글하며 자기 대기실로 사라지는 최영준이었다.

*　　　*　　　*

경기장은 빈자리가 하나도 없었다.

최영준 대 이신.

그 경기를 보기 위하여 수만 명의 관중이 모여들었다.

스트리밍 서비스로 생중계되는 유료 관람도 시청자가 폭주하고 있었다. 게임의 신과 광기신족이 펼치는 5판 3선승제의 전면전이니 당연한 반응이었다.

사실상의 결승전이라는 이야기까지 있었으니 말 다한 셈이었다.

관객들이 애타게 경기를 기다리고 있을 때, 대형화면에 인터뷰 영상이 나타났다.

"와아아아!"

"최영준!"

영상에 나타난 것은 최영준.

두 선수의 사전 인터뷰 영상이 편집되어서 방영되는 것이었다.

—이신 선수와 붙게 된 소감이 어떠신가요?

예쁘장한 부스걸이 물었다.

최영준이 답했다.

—당연히 떨리고, 한편으로는 기대되기도 합니다.

—어떤 기대요?

—제가 인류한테는 절대 안 진다는 마인드인데요, 과연 e스포츠의 전설을 쓰셨던 이신 선배님의 인류는 어떨지 기대됩니다.

—이길 자신 있으신가요?

—결국은 제가 이기겠죠. 3 대 2든 3 대 1이든 말이죠. 3 대 0은 안 나올 것 같네요. 결국은 치즈러시만 조심하면 되는 거잖아요.

"오오오!"

최영준의 자신만만한 발언에 관객들이 호응했다.

이윽고 대형화면에 이신이 나타났다.

"꺄아아아아악!"

"우와아아아!"

"이신이다!"

팬들의 함성이 아까보다 더 쩌렁쩌렁했다.

—벌써 4강에 올라오셨는데, 기분이 어떠세요?

—4강이라는 성적에 딱히 어떤 의미를 느끼지는 못합니다. 한두 번 올라온 것도 아니고.

—최영준 선수가 인류한테는 절대 안 진다는 마인드라고 그러던데요.

—전 애당초 아무한테도 안 진다는 마인드입니다. 실제로 개인리그에서 져 본 적도 없습니다.

—최영준 선수를 이길 자신이 있나요?

—3 대 0, 혹은 3대 2로 제가 이긴다고 생각합니다.

—3 대 0이나 3대 2요? 너무 극단적인데요?

—수 싸움에서 최영준이 저한테 말리면 3 대 0, 그렇지 않으면 3 대 2입니다.

—마지막으로 경기에 임하는 결심 한마디 부탁드립니다.

—개인리그에서 져 본 적이 없어서 우승을 놓친다는 게 어떤 기분인지 모르겠습니다. 아마 손목이 부러지는 것 같은 고통이겠죠. 궁금하지도 않고 느껴보고 싶지도 않습니다. 이길 겁니다.

그렇게 인터뷰 영상이 끝났다.

—안녕하십니까! e스포츠를 사랑하시는 모든 팬 여러분께 인사드립니다! 저는 캐스터 이병철!

—해설위원 정승태입니다!

—정말 끝내주는 한 판 승부가 기다리고 있죠?

—예, 그렇습니다. 한국 e스포츠를 대표하는 두 명의 천재가 마침내 자웅을 겨룹니다. 둘 다 타고난 재능과 경기력은 더 설명드릴 필요도 없지요.

—박영호 선수는 프로리그 4라운드에서 이신 선수한테 진 적이 있지 않습니까?

—예, 그런데 그 박영호 선수는 중요한 고비에서 최영준 선수를 번번이 꺾었습니다. 그런데 최영준 선수는 또 인류 플레이어를 상대로는 한 번도 안 졌단 말이죠!

—와, 정말 세 선수가 종족 상성처럼 엮여 있군요?

—예, 만약 최영준 선수가 이신이라는 큰 고비만 넘긴다면, 그

다음은 우승이 거의 유력해집니다. 결승 상대인 신지호 선수는 최영준 선수가 가장 자신 있어 하는 상대거든요!

—자, 양 선수 모두 준비가 된 것 같고요. 이제 1세트, 유혈의 능선입니다.

제7장

유혈

—예, 드디어 1세트 시작됐습니다. 이신 대 최영준, 정말 엄청난 대결이 펼쳐지리라 예상됩니다.

—물량과 확장의 최영준, 그리고 견제와 테크닉의 이신. 과거와 미래의 트렌드를 대표하는 두 사람의 대결이니만큼, 한국 e스포츠에 큰 의미가 있을 거라고 생각됩니다.

—무엇보다도 인류를 상대로는 깜짝 전략 외에는 져 본 적이 없는 최영준 선수 아니겠습니까? 하물며 다전제에서는 한 번도 안 졌다고요. 그런 최영준 선수를 이신 선수가 어떻게 공략할지도 수많은 인류 선수들이 지켜보고 있을 겁니다.

—전 세계가 주목하겠죠. 미국의 마이클 조셉 선수도 최영준 선수에게 패해 메달을 놓쳤으니까요. 월드 SC 그랑프리 개인전에

서도 인류한테는 한 번도 안 졌으니, 정말 대단합니다.

—자, 이신 선수는 5시, 그리고 최영준 선수는 1시입니다.

—대각이네요..

—예, 서로 러시 거리가 길어서 이신 선수의 주특기인 치즈러시는 통하기 어렵습니다.

—인터뷰를 봐도 최영준 선수는 이신 선수의 치즈러시를 경계하는 눈치였는데요, 이건 최영준 선수에게 조금 웃어주는 그림일까요?

—이신 선수가 정찰을 갑니다.

—최영준 선수도 가죠.

두 사람은 시계 방향으로 생산 유닛을 정찰 보냈다. 병영 건설 후 앞마당 확장 기지를 가져간 이신은 1시에서 최영준의 진영을 발견했다.

최영준도 앞마당에 확장 기지를 가져가고 있었다.

'앞마당을 빨리 먹는군.'

건설로봇은 출입구를 통과해 최영준의 본진 안으로 진입했다.

참회실이 2개째 건설되고 있는 모습까지 포착한 이신은 앞마당에 참호를 건설하고 그 옆에 병영 건물을 붙여서 방어용 심시티를 구축했다.

보병 4명을 생산해 참호에 넣어 기본적인 디펜스를 완성하고, 기갑정거장 2개를 지었다.

그때, 최영준의 거신병기들이 이신의 앞마당에 당도해 견제를 시작했다.

견제란, 멀리 떨어져서 참호를 두들기는 것이다. 참호가 부서지면 위험해진다.

따라서 이신은 건설로봇 몇 기를 빼내 참호를 수리했다.

그렇게 참호 수리에 돈을 쓰게 만드는 것이 최영준의 견제였다.

사거리 업그레이드가 된 거신병기는 참호 안에 있는 보병보다 멀리서 쏠 수 있기에 가능한 기본적인 견제였다.

—이신 선수는 앞마당 가져간 후에 2기갑을 올립니다. 평범하죠?

—예, 최영준 선수는 12시에 2번째 확장 기지를 가져갑니다. 그러면서 참회실을 4개로 늘려 짓는 모습, 지상군에 힘을 실을 준비를 합니다. 역시 전형적인 신족의 체제입니다. 미친 지상군 물량을 폭발시킬 준비를 하고 있죠.

그때, 이신의 기갑 정거장에서 기동포탑이 생산됐다.

아직 포격모드 개발은 되지 않았지만, 거신병기보다는 사거리가 긴 기동포탑이었다.

기동포탑이 앞마당까지 나와서 참호를 두들기는 거신병기들에게 반격을 가했다.

바로 그때였다.

—어, 최영준 선수 달려듭니다!

—처음 나온 기동포탑 1기를 잡겠다는 거죠! 잡으면 큰 이득입니다!

6기의 거신병기가 일제히 달려들어 기동포탑을 집중 공격한 것!

퍼퍼펑, 퍼펑!

가까이 접근하자 참호 안에서 보병 4명이 일제히 총을 쐈지만, 개의치 않고 기동포탑만 노렸다.

이신은 즉시 기동포탑을 뒤로 뺐다. 거신병기들이 쫓아오며 공격했다.

—잡나요, 잡나요?!

—잡으면 큰 이득입니다!

그 순간, 건설로봇 다수가 일제히 기동포탑에 붙었다. 무려 6기가 붙어서 수리를 펼쳤다.

기동포탑은 아슬아슬하게 격파되지 않고 계속 살아서 반격했다.

파직!

결국 거신병기 1기가 죽자 최영준은 안 되겠다 싶었는지 즉시 포기하고 후퇴했다.

—아, 가까스로 기동포탑을 지킨 이신 선수!

—역시 대응이 빠르죠! 거신병기 1기만 손해를 입은 최영준 선수였습니다만… 어?!

그 순간,

투타타타타!

참호 안에 있던 보병 4기가 뛰쳐나와 거신병기들을 쫓아가 사격했다.

파직!

체력이 아슬아슬했던 또 1기의 거신병기가 삽시간에 터져 버렸다.

다른 거신병기들이 반격하기 전에 보병들은 잽싸게 다시 참호로 도망쳤다.

—하하하! 이신 선수 센스! 그 틈에 체력이 아슬아슬한 거신병기를 발견하고 마무리했네요.

—역시 대단합니다. 이렇게 되면 거신병기를 2기나 잃었으니 손실이 크죠?

“와아아아!”

“신! 신! 신!”

관객들이 환호했다. 저런 순간적인 센스야말로 팬들을 즐겁게 만드는 것이었다.

그 뒤에 이어지는 이신의 빌드 오더는 놀라운 것이었다.

—오! 이신 선수, 병영을 늘려 짓기 시작합니다!

—병영을요? 기병 체제입니다!

여기서 말하는 기병이란, 기갑과 병영의 합성어였다.

기동포탑과 병영에서 생산되는 보병·의무병이 혼합된 병력으로 상대를 공격하는 빌드 오더였다.

주로 괴물을 상대할 때 쓰이는 전략으로, 신족으로는 거의 안 쓰인다.

광신도, 거신병기처럼 높은 체력을 가진 신족의 강력한 유닛을 상대로 보병의 화력은 역부족이었기 때문이다. 하지만 이신은 기병 체제를 감행했다.

—타이밍입니다!

—공격 타이밍을 앞당기기 위해서 빨리 대량생산할 수 있는 보병을 택한 거예요!

—군사교습소에서 보병의 사거리 업그레이드와 각성제가 개발되고 있습니다. 보병과 의무병을 쭉쭉 뽑아내면서 병력을 모으기 시작하는 이신!

—기동포탑도 충분히 쌓여갑니다. 이제 곧 공격 타이밍 나오죠?

—최영준 선수가 빨리 이걸 봐야 하는데요?

—와, 최영준 선수가 거신병기 2기를 잃으니까 기회다 싶어서 바로 기병 체제를 감행하는 이신 선수입니다! 결단이 빠릅니다.

—물량이 장난이 아닌 최영준 선수를 상대로 장기전을 가고 싶지는 않겠죠. 이 기병 체제는 이신 선수가 미리 준비해 온 전략이리라 생각됩니다.

6개의 병영에서 보병과 의무병을 쏟아냈다.

보병 10명, 의무병 4명, 기동포탑 8기, 그리고 건설로봇 3기.

그 정도 규모의 병력이 모이자 이신은 즉각 공격에 나섰다.

—이신 선수 갑니다!

—목표는 12시의 2번째 확장 기지 같습니다. 레이더를 찍어서 이미 확인했죠.

—최영준 선수는 지금 거신병기밖에 없는데요? 이걸 봐야 합니다!

—봤습니다!

추가 정찰 보낸 최영준의 신도가 이신의 진군을 포착했다.

최영준도 거신병기들을 출격시켰다.

맞서 싸우기는 무리니 충분한 병력이 모일 때까지 최대한 시간을 벌겠다는 의도였다.

—붙습니다!

거신병기들이 레이저포를 쏘고 뒤로 물러나며 무빙을 펼쳤다.

—으악!

—아악!

보병 2명이 사살.

이신은 보병들을 거신병기들의 사거리 밖으로 빼고, 기동포탑 1기를 포격모드로 전환했다.

퍼엉!

포격에 얻어맞은 거신병기들이 물러선다.

계속 무빙을 당기면서 보병 숫자를 줄이려 드는 최영준의 시간 벌기.

이에 대항해 이신은 기동포탑을 1기씩 포격모드로 전환시키며 계속 진군하는 컨트롤을 펼쳤다.

1기씩 포격모드가 되어 거신병기들을 쫓아낸다.

뒤처진 1기는 다시 포격모드를 풀고 쫓아오게 한다.

그러면서 보병·의무병은 계속 거신병기의 사거리를 넘나들며 유인하는 컨트롤!

손이 많이 가는 플레이였지만, 손이 빠른 이신에게는 식은 죽 먹기였다.

—이신 선수 쾌진격! 진군이 멈추지 않습니다!

—최영준 선수가 계속 거신병기 무빙으로 시간을 벌려고 하는데, 이신 선수 컨트롤이 대단합니다! 전혀 시간을 못 벌고 있어요!

최영준은 거신병기들을 12시 확장 기지 쪽에 밀집시켰다.

보병 1명을 던져서 12시를 확인해 본 이신.

'넌 실수했다.'

이신은 직감적으로 승리의 냄새를 느꼈다. 최영준의 병력이 12시에 집중된 것을 본 이신은 즉각 1시로 방향을 돌렸다.

1시, 즉 최영준의 본진이었다.

—곧장 본진으로 방향을 전환하는 이신!

—본진에서 곧 광신도들이 생산될 텐데요, 그래도 그것만으로는 부족하죠!

—12시에 있던 거신병기들이 쫓아갑니다! 본진에서 생산되는 광신도들과 뒤따르는 거신병기들로 앞뒤로 싸먹겠다는 생각이죠?

—과연?!

이신은 기동포탑들로 하여금 넓게 학익진을 펼쳤다.

앞마당을 지키기 위해 쫓아온 거신병기들이 학익진 한복판으로 들어오는 모양새가 되었다.

퍼퍼퍼퍼펑—!

맹렬한 포격!

거신병기들이 순식간에 녹았다.

—아아아! 진형이 너무 안 좋았습니다!!

—이신 선수의 판단이 대단했습니다. 곧장 본진을 노리면 거신병기들이 쫓아올 수밖에 없다는 걸 알았어요! 그걸 알고 진형을 펼쳐 놓고 기다렸어요!

한편, 보병과 의무병은 정면에서 쏟아지는 광신도들을 막았다.

쫓아온 건설로봇들이 건물을 지어 심시티를 펼쳐 광신도들의 진로를 가로막았고 기동포탑들을 전후좌우로 포격을 쏴댔다. 보병과 의무병이 앞마당으로 침투했다.

타타타타, 타타타탕!

광신도들은 물론 신도들까지 동원되어 가로막았지만, 보병들은 각성제를 흡입 후 돌파를 감행했다.

신도들이 일점사격을 받아 사살됐다.

블로킹에 구멍이 생기자 여지없이 보병들이 파고들었다. 황병철이 최영준을 상대로 보여준 적 있었던 독침충 올인 돌파!

그와 같은 극한의 돌파를 이신의 보병들이 펼쳐 내고 있었다.

기동포탑들의 지원 포격에 힘입어 돌파에 성공한 보병들은 곧장 본진으로 들어가 신도들의 자원 채집을 테러했다.

—rush_Joon : GG

—Kaiser : GG

—최영준 GG!!

"와아아아아아—!!"

최영준의 장기가 발휘되기 전에 끝내 버린 전략의 승리였다.

—기병 체제로 타이밍 러시! 의표를 찌른 한 수였습니다!

—무리하게 기동포탑을 잡으려다가 거신병기 2기를 잃었던 것도 크게 작용했죠. 그 2기가 살아 있었더라면 보다 더 시간을 벌 수 있었을 거거든요.

—그것도 실책이라기보다는 이신 선수의 대응이 굉장히 빨랐죠?

—예, 그렇습니다. 평범한 선수였다면 눈 깜짝할 사이에 기동포탑을 잃고서 당황했을 거거든요. 곧장 일꾼 나와서 수리, 참호에서 보병들이 뛰쳐나와 또 1기 마무리! 정말 미친 순발력이었습니다.

—신족 상대로 기병 체제는 상성상 승률이 그리 높은 전략이 아니었는데, 이신 선수의 컨트롤이 더해지니까 놀라운 위력을 발휘했죠.

—아, 중요한 장면이 나오네요. 이게 결정적이었습니다. 학익진을 펼쳐 놓고 거신병기를 끌어들여 포격. 여기서 최영준 선수가 졌죠!

—그냥 본진 앞마당을 지켰다가 광신도가 나왔을 때 함께 반격했으면 어땠을까 하는 아쉬움이 남습니다. 아무튼 이신 선수가 전략, 전술, 컨트롤 모든 탁월한 면모를 보여주며 1세트를 가져갑니다! 스코어는 1 대 0입니다.

가뿐한 마음으로 대기실로 돌아온 이신은 의자에 앉아 물을 마셨다.

그때, 방진호 감독이 옆에서 물었다.

"준비한 전략이냐?"

"예."

"그거 다른 애들이 해도 최영준을 이길 수 있겠냐?"

방진호 감독은 앞으로 프로리그에서 최영준을 만났을 때 써먹을 생각을 하는 듯했다.

"자주 쓸 수 없는 전략입니다. 통하는 상황이 만들어졌다 해도 승률은 반반이라 잘 싸우는 게 중요합니다. 전술 능력을 훈련시키지 않으면 안 쓰는 게 낫습니다."

"전술 훈련 말이지?"

"예. 상대 진영까지 이동하는 도중에 병력을 많이 잃으면 안 됩니다. 진형 잘 갖추고 잘 싸워야 합니다."

"광신도들이 계속 추가됐으면 어떻게 싸우려 했어?"

"화염방사병을 생산해서 합류시키면 됩니다. 상대 앞마당에 심시티 구축하면 이긴 거죠."

"좋네."

방진호 감독은 고개를 끄덕이며 인정했다.

신족 상대로의 기병 체제는 어쩌다 한 번 등장한 깜짝 전략이었다. 하지만 오늘 이신이 최영준을 상대로 보여준 기병 체제는 즉흥적인 도박수가 아닌, 군더더기 없이 정립된 느낌이었다.

물론 그럼에도 깜짝 전략인 건 매한가지였지만, 저 최영준을 이길 가능성이 있다면 써먹어 봄직했다.

경기장의 대형 화면에 잠깐 잡힌 화제의 인물이 있었다.

화면에 그가 나타나자 경기장이 환호로 뒤덮였다. 남자는 피식 웃으며 두 손을 흔들었다.

옆에 함께 있는 예쁘장한 여자 또한 같이 손을 흔들며 쾌활한 리액션을 보인다.

남자는 바로 최환열.

이신 스스로 스승이나 다름없다고 인정했던 대선배이자, 한국 e스포츠의 레전드였다.

함께 있는 여자는 물론 그와 함께 파프리카TV의 인기 BJ인 유설희.

파프리카TV에서 톱을 달리는 BJ 커플이 함께 응원을 위해 개인방송도 쉬고 관람을 온 것이었다.

—아, 반가운 얼굴입니다. 후배인 이신 선수를 응원하러 온 것 같네요.

—함께 있는 여자 분은 연인이죠.

—예, 인터넷을 뜨겁게 달구는 BJ커플이죠. 아마 연애에 있어서는 최환열 선수가 한국 e스포츠의 레전드 중의 레전드가 아닐까요?

"하하하!"

"레전드급으로 여자를 잘 얻었지!"

관객들 사이에서 폭소가 터져 나왔다. 최환열은 해설진의 농담을 유쾌한 웃음으로 받아 넘겼다.

—그건 아직 모르는 일입니다. 이신 선수의 추이를 지켜봐야 하거든요. 이신 선수 팬클럽의 회장께서 또 아주 유명한… 여기까지 하겠습니다!

—하하하!

관객들 사이에서 폭소가 더 커졌다.

그렇게 해설진이 농담으로 시간을 때우는 이유는 아직 게임 시작 초반, 아무 일도 일어나지 않는 상황이었기 때문이었다.

"오빠, 누가 이기고 있는 거야?"

껌 딱지처럼 찰싹 붙어 앉은 유설희가 물었다.

최환열은 어깨를 으쓱했다.

"똑같지 뭐. 빌드도 둘 다 무난하고."

"아, 여기서 또 이겼으면 좋겠다. 2 대 0이 되면 거의 이긴 거나 다름없잖아."

"스코어가 2 대 0이어도 승부는 끝까지 봐야 알지. 내가 현역 시절에 패, 패, 승, 승, 승을 한두 번 당해본 줄 알아?"

"푸히히, 그건 그렇지."

"어쭈, 웃음이 나와?"

"그때 오빠 되게 썩은 표정 짓던 거 생각나서."

최환열은 유설희를 한 대 쥐어박았다. 유설희는 깔깔거리며 경기를 관람했다.

—갑니다! 이신 선수가 마침내 출발했습니다!

맵 중앙 길목에 지뢰를 심으며 출발하는 고속전차들.

"슬슬 일꾼 솎아줄 때가 됐지. 지금부터는 견제 안 들어가면

골치 아파져."

자원 채집량이 원활해지면, 그것은 '광기'라 불리는 엄청난 물량 공세로 나타난다.

그 전에 이신은 지금부터 자신의 장기를 발휘해야 했다.

고속전차 7기가 1시의 최영준의 본진 앞마당으로 향했다. 하지만 앞마당으로 들어서는 입구를 거신병기가 지키고 있는 걸 확인하고는 곧바로 뺐다.

최영준에게 고속전차들이 12시 방면으로 향하는 것을 보여주고는 2기의 고속전차만 따로 빼내 3시 확장 기지로 은밀히 보낸다.

나머지는 12시를 공격하려는 모션을 취한다. 12시 확장 기지도 이미 최영준이 단단히 대비해 놓고 있었다. 이신이 이쪽으로 향하는 걸 봤기 때문이었다.

그런데,

"와아아아!"

관객들이 함성을 질렀다.

따로 빼낸 2기가 3시를 습격했기 때문이다.

생명석을 이어 지어서 입구를 막아버렸지만, 지뢰 비비기로 간단히 점프해 들어가 신도들을 사살했다. 다른 1기는 상대의 구원 병력이 올 루트에 지뢰를 매설했다.

광신도와 거신병기가 3시를 지키기 위해 몰려왔다가 지뢰 2개를 밟고 여러 마리가 폭사했다.

"좋아! 제대로 들어갔어!"

최환열이 주먹을 불끈 쥐고 함성을 질렀다.

"와, 어쩜 저렇게 날카롭지."

대형 화면에 최영준과 이신의 모습이 교차했다.

살짝 눈살을 찌푸린 최영준. 냉정한 표정의 이신.

"짜식, 잘한다!"

최환열이 신이 나서 소리쳤다.

"그러게. 생긴 것도 어쩜 저렇게 조각 같을까……."

이신을 바라보는 유설희의 눈이 몽롱하게 풀리자 흠칫하는 최환열이었다.

어쨌거나 3시는 지켰지만 피해를 많이 입은 최영준. 하지만 그것만으로는 부족했는지, 이신의 고속전차들이 다시금 3시로 몰려왔다.

질풍같이 달려온 고속전차들이 1시와 3시로 이어지는 길목에 지뢰를 미친 듯이 때려 박고 썰물처럼 후퇴.

그리고 곧바로 12시를 습격, 12시를 지키고 있던 병력과 교전이 벌어졌다.

고속전차들은 무시하고 파고들어가 오로지 신도들만 공격했다.

1명, 2명, 3명…….

최영준은 피해를 줄이기 위해 신도들을 잠시 밖으로 후퇴시켰다.

그런데 바로 그때였다.

마치 기다렸다는 듯이, 후속타로 온 고속전차 2기가 피신 나온 신도들을 사살하기 시작했다.

"꺄아아아악!"

"우와—!!"

밖으로 피신하는 신도들을 노린 지능적인 견제 플레이였던 것!

신도들은 다시 12시 확장 기지 안으로 후퇴했다.

광신도와 거신병기가 바쁘게 다니며 고속전차 테러를 진압했다. 하지만 최영준의 신경이 너무나 12시에 집중되어 있었다.

퍼퍼펑! 퍼어엉!

1시와 3시 사이의 길목에 심어놓았던 지뢰들.

최영준은 3시에 있던 병력을 1시로 옮기다가 그만 지뢰를 밟고 말았다. 12시에서 예상을 넘어선 일격을 당하는 바람에 당황해 이쪽에 신경 쓰지 못했던 것이다.

—와아아아! 보고 계십니까?! 이신입니다! 저게 신입니다!

—쉴 틈 없이 견제를 퍼붓는 저 템포! 천하의 최영준도 저 스피드를 쫓아가지 못하고 있어요!

—저 스피드로 견제를 펼치면서도 이중 삼중으로 덫을 쳐놓는 무서운 지모! 저러면 누가 와도 못 이기죠! 저게 e스포츠의 신이죠!

급기야 항공수송선까지 동원되었다. 항공수송선이 고속전차를 드롭하며 최영준을 더더욱 집요하게 괴롭혔다.

그러는 사이, 이신은 대규모 병력이 갖춰지고 있었다.

—이신 선수 이제 진군을 시작합니다!

—인구수 제한까지 꽉 찬 풀 병력이 완성되었고, 최영준 선수는 견제를 많이 받아서 허약해져 있어요. 지금처럼 좋은 타이밍은 없죠!

—최영준 선수에게 시간을 주면 결국 무서운 자원 최적화로 다시 살아날 거거든요!

—최영준 선수도 최후의 수단으로 아바타가 나왔습니다!

—아바타의 봉인 마법이 아주 제대로 들어가야 이신 선수의 공세를 늦추고 시간을 벌 수 있습니다. 이 한 타 싸움만 잘하면 기회가 생기는 거예요!

—하지만 이신 선수도 전술위성이 3기나 있습니다!

아바타의 봉인 마법. 가로세로 3칸 범위 내의 모든 유닛들을 45초간 봉인시킨다.

봉인을 당한 동안은 움직일 수 없고, 공격을 하지도 받지도 않는다.

잘만 하면 엄청난 숫자의 기동포탑들을 봉인시킬 수 있기 때문에, 신족에게 있어서는 필살의 한 수였다.

—자, 붙습니다! 붙습니다!

—승패를 결정짓는 화끈한 한 판 대결이… 아아!!

해설위원 정승태가 별안간 한탄을 토해냈다. 이신의 항공수송선이 최영준의 3시 확장 기지에 고속전차 4기를 드롭했다.

아주 제대로 들어간 드롭. 고속전차 4기가 날뛰며 신도들을 학살했다.

돌이킬 수 없는 피해.

그러면서 진군하던 이신의 총병력이 일제히 후퇴하는 것이었다.

최후의 싸움을 각오하고 배수의 진을 친 최영준을 미치게 만드는 플레이였다.

"와, 잔인한 새끼!"

최환열은 기가 차서 웃음을 터뜨렸다.

"왜 안 싸우는 거야?"

"최영준이 싸우길 원했으니까 안 싸우는 거야. 원래 저런 놈이야."

"어머, 잔인해!"

유설희의 눈이 또 풀려 버렸다.

"나쁜 남자 멋져……."

"그만해!"

최환열이 역정을 내자 유설희는 꺄르르 웃었다.

이신은 후퇴했지만, 최영준은 이제 미래가 없었다.

3시에서 신도들이 싹 털려 버려서, 어차피 이대로 가면 질 수밖에 없는 상황이 되었다.

최영준은 후퇴하는 이신에게 달려들었다.

—최영준 선수가 쫓아갑니다!

—싸우자 이겁니다!

—뒤가 없는 최영준이에요! 어차피 이대로 승부를 봐야 해요! 지금밖에 없어요!

—아바타, 아바타가 갑니다! 봉인 마법! 봉인이 아주 제대로 들

어가야 희망이……!

펑—!

그때, 전술위성이 쏜 무력화탄이 아바타에게 직격했다.

—아아아! 직격!

—무력화탄에 맞았어요! 아바타마저 안 통했어요!

—역전은 꿈도 꾸지 말라는 겁니다! 바늘구멍도 허용하지 않아요!

—반사 신경마저도 이신이 최영준을 압도합니다! 최영준 선수가 마음의 여유가 없다 보니 저런 부분에서도 밀린 거예요!

무력화탄.

스킬에너지를 빼앗는 전술위성의 스킬이었다.

그 무력화탄에 맞았으니, 아바타는 스킬에너지를 빼앗겨 봉인 마법을 펼칠 수 없게 된 것이다.

이신의 총병력이 다시 말머리를 돌려 반격했다.

아바타가 제 기능을 못하니 이제 두려울 게 없었다.

퍼퍼퍼퍼펑—!!

포격모드가 된 기동포탑들이 불기둥을 뿜을 때마다 거신병기들이 하염없이 녹아들었다.

한없이 불리한 싸움임에도 최영준은 최영준이었다.

계속 광신도들을 생산해 내며 전투에 쏟아 부었다. 하지만 최영준의 배후로 돌린 고속전차들이 지뢰를 깔아 후속 병력을 차단시켰다.

이신은 깔끔하게 최영준의 전 병력을 잡아먹었다.

—rush_Joon : GG

—GG!!

—충격적입니다! 최영준 선수가 저렇게 맥없이 패한 적이 있었나요? 저게 인류를 상대로 한 번도 안 진 광기신족입니까?!

—사전 인터뷰에서 이신 선수가 했던 말이 떠오르네요. 최영준 선수가 자기한테 말려들면 3 대 0도 나올 수 있다고 했잖습니까? 정말 말렸어요! 심리적으로 너무 위축되어서 저 이신 앞에서 허점을 보이고 있어요!

관객들은 할 말을 잃었다. 최영준의 팬도 이신의 팬도 모두 멍해졌다.

혹자는 걱정했다.

한국의 살아 있는 신화 이신.

내로라하는 e스포츠 강국을 꺾고 전 세계의 추앙을 받은 영웅.

그런 그가 최영준에게 패한다면, 그런 과거의 추억까지 전부 부서질지도 모른다는 두려움이었다.

이신이 긴 공백을 깨고 선수 복귀를 했을 때도 비슷한 반응을 많이 보였다.

옛날처럼 강할 수 없다면, 그냥 아름다운 추억으로 남아달라고.

최영준은 너무 강했다. 적어도 인류에게는 너무나 높은 벽이었다.

우승을 차지하지 못한 이신을 보고 싶어 하는 사람은 그리 많지 않았다. 하지만 뚜껑을 열어보니 아무도 예상 못 했던 양상이 펼쳐지고 있었다.

예전의 모습 그대로 돌아와 주었다.

어떤 인류 플레이어도 꺾지 못했던 저 최영준을 압도하고 있었다. 신은 여전히 신이었다.

대기실에 돌아온 이신은 지친 모습으로 물을 벌컥벌컥 마셨다.

"힘들어 보인다?"

방진호 감독이 물었다.

"예전 같지가 않습니다."

이신은 축 늘어졌다. 정신이 너무 피곤해서 몸까지 피로해졌다.

이번 2세트 또한 철저히 준비한 일전이었다.

일반적인 견제가 통하지 않을 거라고 생각했다. 그래서 그 단순한 견제도 몇 수 앞을 보고 덫을 치는 전술로 승화시켰다.

그런 고도의 플레이를 그 빠른 템포 속에서 펼치려니, 그만큼 두뇌가 과부하 되는 기분이 들었다.

"3세트는 치즈러시 하지 마. 최영준도 예상하고 있을 거야."

방진호 감독의 충고. 이신은 고개를 끄덕였다.

"저도 그렇게 생각합니다. 그건 오히려 최영준의 기를 살려주는 꼴입니다."

치즈러시로 쉽게 이기려 했다는 걸 보이면, 최영준은 깨닫는다.

상대도 지쳤구나. 그래서 쉽게 끝내려 했구나.

2 대 0의 스코어의 압박에서 다소 벗어난 최영준은 다시 제 컨디션을 되찾게 된다.

이신도 거기까지 생각을 하고 있었다.

'그래도 다음 판에서 끝낸다.'

최영준이 심리적으로 위축되었을 때 결판을 보고 싶은 게 이신의 솔직한 심정이었다.

광기신족의 본성이 살아나는 모습을 보고 싶지 않았다.

대기실은 고요했다.

감독도, 함께 응원 온 팀 동료들도 아무 말도 하지 못했다.

최영준은 가만히 앉아 눈을 감고 2세트를 복기했다.

'견제가 들어올 걸 알고 있었는데.'

알아도 못 막는 견제.

전성기 시절의 이신을 상징하는 플레이를 일컫는 말이었다.

인류 플레이어들이 다들 이신을 따라 했고, 그로 인해 인류의 견제에 당하는 신족 플레이어들이 많아졌다. 하지만 신족도 침체기를 딛고서, 견제를 막는 디펜스가 점점 발전했다.

이제는 알아도 못 막는다는 말은 핑계였다.

병력이 맵 센터를 잡고 활발하게 움직이며 지뢰를 제거하고 고속전차의 침투 동선을 차단하면 된다.

'근데도 못 막았다고?'

부글부글 끓어올랐다.

자기 자신에 대한 분노였다. 그따위 변명 같지도 않은 핑계를 대고 싶지 않았다.

이신은 통상적인 견제가 안 먹힐 거라는 걸 알고 있었다.

때문에 심리상의 허점을 노리는 이중삼중의 견제 전술을 구사했다.

아무리 천재라도 즉흥적으로 그런 플레이를 펼칠 수 있을 리는 만무할 터.

철저하게 준비했던 것이다. 이신은 자신을 꺾기 위하여 진심을 다해 준비했다.

그런데 자신은 어떠한가?

'형편없는 놈!'

물론 준비는 했다.

팀 동료인 신지호의 도움을 받아 연습게임을 수도 없이 했다.

하지만 그뿐이었다. 확실하게 승리하기 위하여 비책을 준비한 이신에 비하면, 그냥 반복되는 게임으로 손을 푼 것에 불과했다.

몸은 열심히 했는데 정신은 게을렀다. 이기기 위해서 연구하지 않았다. 그냥 열심히 하면 되겠지, 하는 안일함!

'이러니 우승을 못 했지.'

라이벌 박영호를 떠올렸다.

자신과 함께 쌍영이라 불리는 박영호는 과거 그다지 주목받지 못한 선수였다.

그런데 지금은 톱클래스의 프로게이머로 자리매김했다. 그런 변화에는 얼마나 많은 고민과 노력이 있었을까?

그렇게 고민하고 연구할 줄 알았기에, 지난번 결승전과 월드 SC 그랑프리 4강전에서 자신을 꺾을 수 있었던 것이리라.

프로리그는 기본기가 중요한 비중을 차지하지만, 개인리그의 다전제에서는 준비가 더 중요한 것이었다.

한동안 말이 없었던 최영준이 입을 열었다.

"감독님."

"그래, 영준아."

쌍성전자의 감독 하영훈이 반색을 하고 대답했다.

"제가 너무 안일했던 것 같아요."

"열심히 준비했잖아."

"그래도 부족했어요. 그래서 번번이 고비마다 떨어졌던 것 같아요."

"……."

"다음엔 더 열심히 할게요."

"…그래, 그런 마음가짐 좋아. 그리고 아직 진 거 아니니까 약한 마음먹지 말고 가자. 알겠지?"

"네."

시간이 되자 최영준은 다시 부스로 향했다. 어쩌면 마지막 게임이 될 수도 있는 3세트가 그를 기다리고 있었다.

*　　　*　　　*

—3세트가 시작됐습니다. 경기장에 전운이 감돌고 있습니다. 어쩌면 심상치 않은 사건이 벌어질지도 모른다고, 모든 분들께서 생각하고 계시는 게 아닌가 싶습니다.

—와, 정말 상상도 못 했습니다. 이신 선수가 패하는 모습도 상상하기 어렵지만, 저 최영준 선수가 인류에게, 그것도 다전제에서 패하는 것도 상상하기가 어려웠거든요.

—아, 그렇죠! 인류 선수 중 최영준 선수를 다전제에서 패배 직전까지 몰아붙인 선수는 미국의 마이클 조셉밖에 없잖습니까? 그 외에는 3 대 2 스코어도 나온 적이 없어요!

—새삼스럽게 이신 선수가 어떤 사람이었는지 되새길 수 있는 계기가 되겠네요.

—이신 선수가 정말 준비를 많이 해왔다는 인상을 받았습니다. 플레이 하나하나에서 즉흥적으로는 할 수 없는 치밀성이 느껴지거든요.

—최영준 선수, 과연 이 위기를 어떻게 타개할 것인지 기대됩니다. 자, 최영준 선수는 11시, 이신 선수는 5시입니다. 세로 방향이죠.

초반의 깜짝 카드는 없었다. 다만 최영준은 정찰을 철저하게 차단하기 위하여 거신병기 2기를 앞마당으로 들어오는 두 길목에 각각 배치했다.

정찰을 들어가려다가 거신병기를 보자마자 이신은 건설로봇을 빼버렸다.

다른 길목에도 거신병기가 배치되어 있었다. 이신은 건설로봇 1기를 추가로 투입했다. 2기를 겹쳐서 집어넣었다.

거신병기의 공격에 1기가 터졌지만, 다른 1기는 들어가는 데 성공했다.

—이신 선수, 정찰을 중요시 여기는 듯 일꾼 2개를 투입해서 기어코 집어넣고야 맙니다. 일단 앞마당에 확장 기지가 없는 걸 확인했습니다.

—좀 더 안으로 들어갑니다. 예, 거신병기를 모으고 있는 걸 확인했죠.

최영준은 거신병기를 본진 구석에 숨겼지만, 이신은 꼼꼼한 정찰로 기어코 확인해 냈다.

"와아아아!!"

정찰 성공만으로도 이신의 팬들이 환호했다.

앞마당에 확장 기지를 펼친 이신은 이어서 고속전차를 뽑았다.

2개의 기갑 정거장에서 기동포탑과 고속전차를 꾸준히 생산하는 이신. 그러면서 기갑 정거장도 더 늘려 지었다.

마침내, 고속전차들이 또다시 출발했다.

—다시 갑니다! 최영준 선수로서는 2세트의 악몽이 다시 떠오를지도 모릅니다.

—일단은 길목에 지뢰를 심은 뒤에 곧바로 확장 기지를 체크하겠죠.

—어, 하지만 최영준 선수는 2번째 확장 기지를 아직 안 가져

가고, 대신 물량을 모으고 있습니다. 이건 2세트와 다르네요.

—최영준 선수가 타이밍을 잡고 있는 겁니다. 2번째 확장 기지를 가져가면 또 지겹게 견제에 시달릴 게 뻔하거든요! 그래서 아예 지금부터 물량을 모아 승부를 보겠다, 이겁니다!

이신은 지뢰를 깔아 맵 시야를 밝히면서 2번째 확장 기지를 가져가고 있었다.

지뢰를 매설한 고속전차들이 정찰을 다니며 최영준의 확장 기지를 살폈지만 최영준의 확장 기지가 보이지 않았다.

'앞마당 다음에 확장 기지를 안 가져갔어?'

이신의 안색이 변했다.

확장 기지가 아직 없다는 것은, 확장 기지를 구축할 자원으로 병력을 더 뽑았다는 뜻이었다.

2번째 확장 기지를 구축하는 상대를 물량으로 밀겠다는 뜻!

그 타이밍은 바로…….

—갑니다!

—최영준 선수가 뛰쳐나왔습니다!

—정찰선과 함께 출진하면서 깔려 있는 지뢰를 제거해 나갑니다!

—어디로 진군하는 겁니까? 예, 그렇죠! 이신 선수의 6시 확장 기지로 향합니다! 새로 얻은 2번째 확장 기지부터 밀어버려야죠!

—최영준 선수, 아직도 2번째 확장 기지를 안 가져갑니다! 참회실을 늘려 짓고 병력만 계속 뽑고 있어요! 이건 완전히 끝장 보겠다는 겁니다!!

—물량 폭발합니다!

광기신족 최영준.

광기라는 수식어가 붙게 한 엄청난 병력 물량이 진격했다.

정찰선을 앞세워서 지뢰밭을 무난하게 통과한 광신도·거신병기·대사제 병력이 이신의 6시 확장 기지로 향했다.

이신 역시 6시로 병력을 이동시켰다. 기동포탑들이 적절한 위치에 자리 잡고 포격모드로 전환했다.

고속전차들은 6시 진입로에 지뢰를 깔았다. 그렇게 만반의 태세를 갖췄을 때였다.

최영준의 병력이 돌연 방향을 바꿔, 이신의 본진 쪽으로 향해 달렸다.

—어?! 방향 전환! 방향을 돌려서 이신 선수의 본진으로 향합니다!

—이건 1세트 때의 양상이 거꾸로 뒤바뀐 거죠?!

—이신 선수도 본진을 지키려 병력 일부를 회군시킵니다!

—병력이 분산되어 있습니다, 이신 선수!

인류는 신족보다 훨씬 싸울 때의 위치 선정이 중요했다.

기동포탑의 포격모드 때문이었다.

사거리가 긴 대신, 근거리 공격이 불가능하기 때문에 언덕 위 같은 보호받기 좋은 위치에 자리를 잡아야 하는 것이다.

최영준은 그걸 노리고 급격히 타깃을 이신의 본진 방면으로 바꿨다.

이신은 급히 앞마당 통로를 심시티로 바리케이드치고, 그 뒤에 기동포탑들을 배치했다.

—방어태세 잘됐습니다! 최영준, 그냥 들어갈 겁니까?

—들어갑니다!!

최영준은 거침없이 돌격했다. 길을 막는 건물을 부숴 버리고, 광신도들이 저돌적으로 파고들었고, 대사제들이 기동포탑이 밀집한 곳에 전격마법을 퍼부었다.

하지만,

퍼퍼퍼퍼펑—!!

앞마당을 지키는 기동포탑들도 만만찮은 화력으로 거신병기들을 녹여 버렸다.

건설로봇들까지 뛰쳐나와 블로킹을 했고, 추가 생산된 고속전차들이 광신도들을 하나둘 잡아냈다.

치열한 전투!

최영준은 자신의 진가를 오늘 처음으로 제대로 발휘하기 시작했다.

추가 병력이 계속해서 전투에 합류하는 것이었다. 끝없이 이어지는 물량의 행렬!

—정말 대단합니다! 저게 본진과 앞마당의 자원을 쥐어짜며 쏟아내고 있는 물량이죠!

—지금 이 시간대에 나올 수 있는 병력의 최대치네요.

—이신 선수도 가만히 있어서는 안 되죠?!

최영준은 기어코 이신의 앞마당을 장악했다.

방어선이 계속 밀리는 바람에, 앞마당의 확장 기지가 가동이 중단되었다.

통제사령부 건물을 공중에 띄워 이동시키고, 건설로봇들을 전부 본진 안으로 대피시켰다.

—앞마당 확장 기지를 들게 만들었습니다!

—계속 본진까지 밀고 가나요?!

—밀죠! 밀어야죠!

앞마당을 밀었지만, 그렇다고 확장 기지를 완전히 파괴시킨 건 아니었다.

통제사령부 건물과 건설로봇들만 무사하면 언제든 다시 확장 기지를 재구축하고 바로 자원 채집이 가능한 것이 인류였다.

끝장을 보기로 한 이상, 최영준은 더 이상 멈출 수가 없었다.

계속 본진으로 들어가는 출입구를 두들기면서, 최영준은 수송기 2기를 준비했다.

수송기 2기에 광신도 8명을 태웠다. 그리고 이신의 본진, 포격 모드가 되어 있는 기동포탑의 머리 위에 드롭했다. 기동포탑이 가까이 있는 적을 공격 못 하는 약점을 찌른 플레이였다.

이신은 고속전차로 광신도들을 처치해 나갔다.

최영준은 계속 수송기로 병력을 본진에 실어 날랐다.

그러면서 출입구로도 최영준의 병력이 밀어닥쳤다.

최영준은 혼신의 힘을 다하고 있었다. 그리고 이신 역시 미칠 듯한 디펜스로 버텨내면서, 한 수를 발휘했다.

6시 확장 기지에 있던 고속전차 7기가 최영준의 본진을 향해 질주했다.

최영준은 빨리 생산되는 광신도만 뽑아서 추가 투입하고 있었기 때문에 본진과 앞마당을 지키는 건 광신도들밖에 없었다.

—이신 선수가 파고듭니다!

—광신도들밖에 없는데요?!

—그래도 광신도들이 제대로 길을 막고 있어요!

고속전차들과 광신도들의 싸움!

고속전차들이 지근거리에 지뢰를 깔자, 광신도는 잽싸게 고속전차들에게 가까이 붙었다.

광신도를 보고 발동된 지뢰가 가까이 있던 고속전차들까지 함께 폭사시켰다.

퍼어어엉!!

“꺄아아아악!!”

“우와아아아아!”

“최영준!!”

—지뢰 역대박!!

—이번 경기는 최영준 선수가 가져가나요?!

그런데 살아남은 고속전차 2기가 기민하게 움직였다.

광신도들의 대열이 흐트러진 틈을 타, 그 사이로 파고들었다.

통과!

앞마당에 침투한 고속전차 2기가 날렵하게 치고 빠지며 앞마당에서 자원을 채집하던 신도들을 사살했다.

다수의 광신도들이 그 고속전차들을 잡기 위해 몰려들었다.

고속전차들은 정말 무시무시한 속도로 치고 빠지며 신도들을 계속 잡았다. 절묘하게 광신도들을 피해 다니며 신도만 쏙쏙 뽑아먹듯이 사냥했다.

—어어어!

—겨우 2기한테?! 겨우 2기뿐인데 일꾼 피해가 너무 커집니다!!

—가뜩이나 바짝 자원을 쥐어짜는 최영준인데요, 일꾼이 털리면 안 되죠!

그것은 컨트롤의 극한. 이신이 펼칠 수 있는 최고의 컨트롤이었다.

광신도들 틈바구니를 잘도 빠져나가며 신도들을 사냥하다가 광신도들의 포위망이 물샐 틈 없이 갖춰지자, 신도들에게 가까이 붙은 채 지뢰를 매설했다.

광신도들이 접근하자 지뢰가 발동되었다.

'아차!'

최영준은 급격히 광신도들을 뒤로 뺐다.

하지만 늦었다.

지뢰가 폭발했다.

퍼어어엉!!

근처에 있던 신도들까지 휘말려 버렸다.

관객들의 비명과 환호와 고함이 경기장을 쩌렁쩌렁하게 채웠다.

지뢰가 신도 8명을 잡아버린 대박을 터뜨렸을 때, 최영준은 아찔함을 느꼈다.

패배라는 단어가 목구멍까지 차올랐다.

'이대로는 안 돼!'

준결승전이다. 이렇게 쉽게 승리를 헌납할 수는 없었다.

아직 자신은 아무것도 보여주지 못했다.

—아, 지뢰 대박! 너무 치명적인 견제가 들어갔습니다!

—조금만 더 바짝 조이면 이신 선수의 본진을 초토화시킬 수 있는데요!

신도들이 타격을 받자 자원 공급에도 차질이 생겼다.

전장으로 투입되는 추가 병력의 숫자가 줄어들었다. 결국, 최영준은 병력을 후퇴시켰다.

—후퇴! 최영준 선수가 물러납니다!

—일단 병력을 어느 정도 살려놓고서 뒤를 도모하겠다는 뜻이죠!

최영준은 병력을 후퇴시킨 후, 2번째 확장 기지를 건설하기 시작했다. 그리고 수송기에 대사제 2명과 광신도 2명을 태웠다.

수송기는 이신의 6시 확장 기지로 향했다. 이신도 현재 앞마당 확장 기지를 들어 올린 상태.

6시 확장 기지도 타격을 받으면 자원 면에서 비슷해진다는 최영준의 계산이었다.

'기필코 타격을 줘야 해!'

그러면 이신이 피해를 복구하는 사이, 최영준도 2번째 확장 기지를 완성함으로서 비슷한 상황이 만들어진다.

수송기가 6시 지역에 이르렀다.

기동포탑 5기와 고속전차 2기로 지켜지고 있는 6시 확장 기지에 수송기가 광신도 1기를 드롭했다.

퍼퍼펑—!

기동포탑들의 포격을 받고 광신도가 즉사했다. 하지만 광신도는 방패막이였다.

그 포격의 딜레이를 틈타 대사제 2명이 내렸다. 그리고 자원을 채집하는 건설로봇을 향해 전격 마법을 퍼부었다.

파지지지직!

제1격.

전격이 뿌려지는 순간, 건설로봇들이 일제히 뭉쳐 아래로 회피했다.

—1타 피했습니다!

—우와, 반사 신경이 정말 대단합니다! 거의 전격이 뿌려지자마자 움직였어요!

최영준은 다시 광신도를 드롭해 기동포탑과 고속전차의 방패막이로 썼다. 그리고 다시,

파치치칙—!!

제2격!

건설로봇들은 위로 이동했다.

위아래로 뿌려진 전격의 틈바구니로 뭉쳐진 채 약삭빠르게 생존한 건설로봇들.

퍼퍼펑! 퍼펑!

—크헉!

—크헉!

고속전차 2기가 대사제들을 공격해 사살했다. 결국 텅 빈 수송기만이 쓸쓸하게 떠날 뿐이었다.

"우와아아아아!!"

"이신! 이신! 이신!"

이신의 이름이 연호되고 있었다.

최영준의 견제 플레이마저도 일절 먹혀들지 않는 초인적인 디펜스!

대형 화면에 잡힌 최영준은 기가 찬다는 표정이 되어 있었다.

—아아, 저걸 다 피했습니다!

—정말 사람 같지가 않습니다! 바로 저렇기 때문에 신이라 불렸던 겁니다!

이신은 자비가 없었다.

고속전차들이 빠르게 맵에 지뢰를 박고 다니며 곳곳을 정찰 다녔다. 최영준의 확장 기지가 있는지 체크하는 플레이였다.

결국 3시에서 몰래 건설한 확장 기지가 이신에게 들통 났다.

공성포(攻城砲) 2문이 방어용으로 설치되어 있었지만, 고속전차들은 개의치 않고 뛰어들어 신도들을 학살했다.

—또 견제가 들어갑니다! 최영준 선수로서는 정말 지긋지긋할 겁니다!!

—공성포가 방어를 하고 있지만, 저 고속전차는 이미 지뢰를 다 썼기 때문에 상대 일꾼과 바꿔도 상관없거든요!

신도들이 즉시 반대편 출입구로 대피했다. 하지만 새로 나타난 고속전차 2기가 반대편 출입구에 나타나 신도들을 계속 사냥했다.

대피하는 일꾼을 기다렸다가 사살하는 견제 플레이!

"와 씨발……!"

"저게 사람 플레이냐."

"또 시작이다."

관객들이 신음과 탄성을 질렀다.

해도 너무했다. 집요해도 너무 집요했다!

최영준과 최영준을 응원하는 팬들을 무참히 좌절시키는 결정타였다.

'이렇게…….'

최영준은 다 끝났음을 직감했다.

지금 채팅창에 GG를 쳐도 이상하지 않았다.

하지만 가슴에 사무치는 아쉬움에, 최영준은 남아 있는 모든 병력을 총동원해 마지막 공격에 나섰다.

—최영준 선수가 참지 못하고 나갑니다!

—저건 발끈 러시죠! 피해가 너무 커서 다른 선택의 여지가 없습니다!

—칼을 뽑았습니다! 일단 뽑은 이상 6시 확장 기지라도 밀어야 합니다!

이신도 진군했다.

기동포탑들과 고속전차들이 득시글거리며 북상했다.

미리 깔아놓은 지뢰 라인 바로 아래쪽에 자리 잡은 이신. 기동포탑들이 일제히 포격모드가 되었고, 고속전차들은 그 곁을 호위하며 방어선을 구축했다.

드넓게 양익(兩翼)을 펼친 진형. 완벽한 포진이었다.

아무리 자포자기의 공격이라고는 하나, 저 진형의 한복판으로 무모하게 뛰어들 최영준이 아니었다.

최영준은 전 병력을 시계 방향으로 돌려, 이신의 우측으로 향했다.

우익(右翼)을 먼저 쳐서 꺾겠다는 의도였다.

이는 마이클 조셉과의 이벤트 매치 2세트에서 이신이 신족으로 펼친 바 있었던 사선진과 동일한 원리였다. 하지만 그 용병술을 착안한 이신이 그것에 고스란히 당할 리 만무했다.

우익을 접고 좌익을 시계 방향으로 이동시키며, 전 진형의 방향을 최영준을 향해 돌렸다.

말은 쉽지, 기동포탑들의 포격모드를 전환했다가 풀었다가를 하며 일일이 조작하는 일은 손이 매우 많이 가는 컨트롤이었다.

그런데도 물 흐르듯이 전형이 변하는 이신의 전투 대형은 예술이나 다름없었다.

그러면서도 고속전차가 지뢰를 매설하며 최영준의 병력이 움직이는 동선을 제한시켰다.

지뢰가 사방에 매설되며 최영준의 숨통을 죄었다. 정찰기가 함께 다니며 매설된 지뢰를 찾아 제거하고 다니기는 했지만, 워낙 병력 규모가 크다 보니 지뢰에 폭사당하는 유닛도 발생했다.

다시 반시계 방향으로 움직이는 최영준. 좌우로 움직여 이신의 진형을 흔들려는 최영준의 의도였다.

이신도 그에 따라 진형을 바꿔나갔다.

그리고 마침내,

—갑니다!!

—최후의 싸움입니다!

최영준이 달려들었다.

기동포탑들의 포격을 뚫고 광신도들이 저돌적으로 달려들었다. 거신병기들이 함께 움직이며 레이저포를 발사하며 무빙을 펼쳤다. 고속전차들이 블로킹을 펼쳐 광신도들이 기동포탑에 접근하지 못하게 막았다. 기동포탑들을 쉴 새 없이 불길을 뿜었다.

그 치열한 격전의 승자는 이신이었다.

—rush_Joon : GG

—Kaiser : GG

—최영준 선수 GG!

—GG!!

—세상에, 좀처럼 볼 수 없는 저 최영준 선수의 GG 선언을 오늘 대체 몇 번이나 보는 겁니까!

—3 대 0! 정말 말도 안 되는 스코어입니다. 그리고 진짜 말도 안 되는 경기력이었습니다!

—전 세계를 통틀어도 적수를 찾아보기 힘들었던 그때 그 시절의 추억이, 추억이 아니라 현실로 다가오기 시작합니다! 정말,

신이 돌아왔습니다!

이신이 지친 얼굴로 부스에서 나왔다.

어느새 부스 밖에서는 방진호 감독이 나와 있었다.

본래는 격하게 끌어안으며 기쁨을 나누는 것이 보통이었지만, 두 사람은 떨떠름한 표정으로 서로를 바라보았다.

"이겼냐?"

"보다시피."

"말이 짧다?"

"말 길게 할 힘도 없습니다."

"새끼가……."

방진호 감독은 이신의 뒤통수를 툭 치며 말을 이었다.

"결승 진출 축하한다."

"감사합니다."

"우승은 좀 작작해라. 후배들 앞길 막지 말고."

"제가 블로킹을 좀 잘합니다."

방진호 감독은 킬킬거리며 이신의 어깨에 손을 얹었다. 이신의 얼굴에도 미소가 어렸다.

오랜 앙숙.

그런 두 사람의 다정한 모습은 모든 팬들에게 생소한 그림이었다.

잘생기기로는 더 말할 필요도 없는 이신과 나름 미중년으로 유명한 방진호 감독의 모습은 그날의 승리를 장식하는 사진이 되어 인터넷 뉴스에 실렸다.

쓸쓸히 퇴장하는 최영준과는 대조되는 모습이었다. 어쩔 수 없는 승자와 패자의 잔인한 교차로였다.

그날은 이신이 이겼을 경우를 대비하여 경기의 마지막 행사가 있었다.

바로 승자 인터뷰 겸 팬 미팅.

승리 소감도 말하고, 팬들과 문답도 하고 사인도 해주며 즐거운 시간을 보내는 것이었다.

경기 직후라 지친 이신이었지만 쾌히 승낙했다.

이신교 팬들에게 워낙 받은 사랑이 많은 터라 그 정도 보답을 해야 했다.

팬들과의 문답 시간. 여고생으로 보이는 여성 팬이 수줍은 얼굴로 마이크를 받아 들었다.

—혹시 은퇴를 언제 하겠다고 따로 계획을 해두신 건지… 저희는 오빠가 오래오래 선수 생활 하셨으면 좋겠어요.

수많은 이신교의 신도들이 궁금했던 점이었다.

아무래도 이신이 벌써 제자를 셋이나 둔 까닭에 은퇴 후 지도자로 전환하려 하나 싶었던 것이다.

이신이 답했다.

—슬슬 은퇴를 염두에 둘 나이이긴 하지만, 아직 계획은 없습니다. 할 수 있는 한 오랫동안 선수로 뛸 겁니다.

이번에는 20대 초반의 여대생으로 보이는 팬이 질문했다.

—영화나 드라마나 예능 프로그램에 출연하실 생각은 없나요?

—제안은 많이 들어오는데 귀찮습니다.

—오빠 개인방송은 잘 보고 있는데요, 가면 좀 벗어주시면 안 되나요? 개인방송으로 오빠 얼굴 보고 싶어요.

"맞아, 맞아!"

"목소리도 제대로 듣고 싶어요."

"음성 변조 좀 그만해 주세요."

"Player_SIN이 오빠인 거 다 알아요!"

"주디랑 차이랑 존이랑 다 같이 합동 방송을 해도 재미있을 것 같아요!"

갑자기 여기저기서 불만의 목소리가 터져 나왔다.

Player_SIN의 개인방송을 꼭꼭 챙겨보는 이신교의 광신도들!

개인방송의 매력은 경기장 외에서 이신의 모습을 볼 수 있다는 점이었다. 꾸며지지 않은 소탈한 평상시의 이신을 보고 채팅으로 소통도 하고 싶은 팬들이 한둘이 아니었다.

하지만 가면을 쓰고 음성변조기를 사용하고 있으니 답답할 수밖에 없었다.

이신이 말했다.

—전 개인방송을 하지 않습니다.

"아아!"

"이미 다 들통 났어요!"

"이제 그만 가면 좀 벗어주세요!"

아우성치는 팬들. 하지만 이신의 낯짝은 상당히 두꺼웠다.

그런데 20대 후반쯤 된 한 여성 팬이 마이크를 잡고 재미있는 질문을 했다.

—제자 세 명 중에서 누가 가장 좋으세요?

이신은 흠칫했다.

"역시 주디겠지?"

"주디가 첫째니까."

"실력도 좋고 귀엽고."

"여자애고."

이신교의 광신도들이 웅성거렸다.

이신은 고개를 갸웃거렸다.

'어째서 그런 걸 궁금해하는 거지?'

아무튼 이신은 대수롭지 않게 대답했다.

—차이.

"히이익!"

"차이?"

"그 태국 애?"

"서, 설마!"

"아냐, 우리가 생각하는 그런 뜻이 아니겠지!"

이신의 말이 이어졌다.

—집안일을 잘합니다.

"지, 집안 살림!"

"집안일 잘하는 여자가 취향인가 봐!"

"근데 차이는 여자가 아니……!"

"꺄악!"

웅성거림이 더 커져 갔다.

왜 그런 반응이 나오는지 이신은 끝내 이해할 수가 없었다.

"아무튼 응원에 언제나 감사드리고, 우승으로 보답하겠습니다. 제가 여러분께 드릴 수 있는 보답은 좋은 경기력밖에 없는 것 같습니다. 그럼, 감사합니다."

그렇게 팬 미팅도 끝이 나고 이신은 집으로 돌아갔다.

그날, 인터넷은 이신의 결승 진출로 도배되었다.

—개인리그 결승전의 주인공은 이신과 신지호!

—신지호, 작년 후반기 4강전의 설욕을 할 수 있을 것인가?

—쌍영 모두 탈락!

—신의 부활 임박

—(칼럼)물량의 최영준과 견제의 이신, 준비성이 가른 승부

—최영준 "완패다" 패배 인정

—신지호 "신 잡고 최고 되겠다" 포부 밝혀

제8장

시도

집에 돌아와 보니 주디와 존이 놀러와 있었다. 존과 차이는 연습 게임을 하는 중이었다.

그리고 주디는 이상하게도 앞치마를 한 채 부엌에서 요리를 하고 있었다.

"축하드려요!"

앞치마 차림으로 나온 주디가 활짝 웃으며 반겼다.

"요리해?"

이신이 물었다.

"네, 저 요리 잘해요."

"차이는 뭐하고?"

"오늘은 제가 맡기로 했어요. 저 요리 정말 잘해요."

요리 잘한다는 걸 두 번이나 강조하는 주디.

"빨래도 하고 청소도 다 해놨어요."

뿐만 아니라 뜬금없이 이신의 집안일을 다 해놓기까지 했다.

무슨 이유인지 모르지만 이신은 대수롭지 않게 넘어갔다.

차이와 존은 이신이 온 줄도 모르고 게임에 몰두하고 있었다.

존의 플레이는 이신을 닮았다. 유약해 보이는 외모와 달리 굉장히 공격적으로 견제 플레이를 시도하고 있었는데, 대부분 차이에게 막히는 형국이었다.

존의 견제에 시달리면서도, 차이는 큰 그림을 그리고 진용(陣容)을 짜 나갔다.

급기야 차이의 대군이 한 번에 치고 나가, 맵의 3분의 2가량을 장악하는 전선을 그어버렸다.

'판단 멋지군.'

이신은 내심 감탄했다.

체스에서 회심의 한 수를 둔 것과 같은 상황.

역시 차이의 자질은 대단한 수준이었다.

저 나이에 저렇게 싸움을 크게 보며 전략을 짤 수 있다니. 그런 전략적 판단만큼은 웬만한 프로 팀 1군 주전 수준이었다.

그제야 당황한 존이 이를 만회하려고 노력했지만, 한 번 그어진 전선을 쉽게 허물 수 없었다.

존은 지상에 그어진 불리한 전선 상황을 극복하고자 스텔스 전투기를 생산하기 시작했다.
공중유닛으로 차이의 전선을 와해시킬 생각인 듯했지만 차이는 이미 그걸 훤히 꿰뚫고 있었다.
차이는 마치 치트키라도 쓴 것처럼 맵 전체를 보고 있었다.
수시로 레이더를 찍어서 존이 무엇을 하는지를 모조리 파악하는 것이었다.
'응?'
이신은 깜짝 놀랐다.
차이가 단축키를 쓰는 방식이 독특했다. 6번부터 0번까지, 총 5개의 단축키를 레이더로 지정해 놓았다.
레이더 5개를 단축키로 지정해 마구 쓰고 있으니, 쉴 새 없이 계속 존의 동태를 파악할 수 있는 것.
'독특하군.'
일반적으로는 8번, 9번, 0번 키만 레이더를 지정해 놓고, 나머지는 부대 지정에 쓴다. 이신도 그렇게 한다.
하지만 차이의 저 방식은 꽤 괜찮아 보였다.
적어도 병력의 움직임이 적은 인류 대 인류전에서는 말이다.
'나도 한 번 저렇게 해볼까?'
결국 존이 꺼내든 비장의 카드, 스텔스 전투기는 차이의 기계보병에 의해 막혔다.
그리고 차이는 전 병력을 모아 진격해 존의 생명줄 같은 확장기지를 단숨에 밀어버렸다.
거인의 발걸음처럼, 무겁지만 일단 한 번 움직이면 반드시 성과를 이룬다.

차이의 스타일은 이신과 다르면서도 탁월했다.

그렇게 차이를 보며 여러 가지를 배우는 이신.

그런데 그때, 문득 주머니에 넣어놓았던 구형 폴더폰에 진동이 왔다.

"여보세요?"

—신 님, 축하해요!

이신교의 교주이자 IT미디어그룹 올도어의 부사장 지수민이었다.

"감사합니다."

—결승 진출 기념으로 제가 저녁을 사고 싶은데 어떠세요?

"안 됩니다."

—어휴, 단호하셔라.

"주디가 식사 준비를 해놓아서 외식을 할 수 없습니다."

—끄응, 고것이!

"예?"

—아, 아무것도 아니에요. 그럼 저도 그리로 가도 될까요?

"이리로?"

—네, 저도 주디가 한 요리 먹어보고 싶어요. 초대해 주세요, 네?

지수민이 아양을 떨었다.

"그러십시오."

—아자! 지금 당장 갈게요!

이신은 전화를 끊었다.

그런데 그로부터 불과 3분 뒤에 초인종이 울렸다. 인터폰 화면에서 지수민이 손을 살랑살랑 흔들고 있었다.

잠시 후, 이신의 집에 도착한 지수민이 싱글거리며 웃었다.

"안녕하세요, 신 님."

"어떻게 벌써 오셨습니까?"

"아이, 실은 밑에서 대기 타고 있었죠. 같이 저녁 식사 하게 되면 바로 모시고 가려고 했었는데."

"……."

"호호호, 재네들이 차이랑 존이죠?"

차이와 존은 어느새 다음 게임에 돌입한 상태였다.

손님이 온 줄도 모르고 게임에 몰두하는 꼴이 영락없는 폐인이었다.

"어서 오세요."

주디가 여전히 앞치마 차림으로 나와 인사했다.

"흐응, 웬일로 요리를?"

지수민의 눈빛이 날카로워졌다.

"요리 잘해요. 취미에요. 좋아해요."

자꾸만 가정적인 여자라는 것을 어필하는 주디.

두 여자가 잠시 묘한 눈빛을 주고받았다.

"밥은?"

이신이 묻자 주디는 언제 그랬냐는 듯 활짝 웃는 얼굴로 돌변했다.

"다 됐어요."

식탁에 차려진 음식은 왕새우가 들어간 로제 파스타와 로스트 치킨.

"다, 다 칼로리가 엄청난 것들뿐이네?"

"네 사람 다 살이 안 찌는 체질이라 괜찮아요."

이신은 오히려 살이 좀처럼 안 찌는 체질이라 일부러라도 고칼로리의 식단을 먹어야 했다.

'이런 축복받은 것들이.'

방심하면 큰일 나는 체질인 지수민은 아랫입술을 깨물었다.

주디는 게임에 미쳐 있는 차이와 존도 데려왔다.

그렇게 다섯 사람은 함께 식사를 시작했다.

"어때요?"

"맛있네."

"느끼하진 않고요?"

"어."

이신은 가볍게 대꾸하며 포크로 파스타를 떠먹었다.

그런 그의 모습을 주디는 흐뭇하게 바라보았다.

나이프로 로스트 치킨도 잘라 먹으며, 이신은 묵묵히 잘도 먹었다.

지수민도 그런 이신의 식사 모습을 멍하니 쳐다보았다.

"신 님."

"예."

"혹시 먹방 같은 건 안 하세요?"

"예."
"정말 잘 어울리실 것 같은데……."
"남 먹는 걸 보는 게 무슨 재미인지 모르겠습니다."
"대리만족이에요."
"무슨 대리만족?"
"그런 고칼로리의 음식을 맛있게 잘 먹는 걸 보면, 보기만 해도 부럽고 배가 부르거든요."
지수민은 정말로 동경과 부러움이 가득한 시선으로 식사하는 이신을 구경하고 있었다.
로제 파스타는 1인분 칼로리가 무려 1,400여 칼로리!
물만 마셔도 살로 가는 체질이라 매일 피땀 흘려 운동하는 지수민으로서는 보기만 해도 입에서 침이 고였다.
이신, 그리고 맛있는 음식. 둘 다 갖고 싶은 것뿐!
입술에 묻은 소스를 혀로 핥을 때는 키스를 하고픈 충동마저 일었다.
식사를 마친 이신은 냉장고에서 식혜를 컵에 한가득 따라와 마셨다.
"드시겠습니까?"
"그게 뭔데요?"
"식혜."
어머니가 부족한 당분을 보충하라고 가져다준 식혜였다.
지수민은 사색이 되었다.
"아, 아녜요. 괜찮아요."

역시나 고칼로리, 고당분의 음료! 지수민은 꿈도 꿀 수 없었다.

로스트 치킨은 손도 안 댄 채 파스타만 먹은 지수민은 그마저도 집에 가서 열심히 운동해 칼로리를 소모해야겠다고 결심했다.

반면, 배터지게 먹은 차이와 존은 다시 게임을 하러 달려갔다.

"무슨 일로 오셨습니까?"

이신이 물었다.

"그냥 축하하러 왔어요."

"다른 용건은?"

"축하 선물을 드리러 왔죠."

"선물?"

지수민은 눈웃음을 짓고는 숄더백에서 서류봉투를 꺼내 내밀었다.

봉투 안에 든 서류를 꺼내 보니 첫 페이지에 제목이 쓰여 있었다.

올도어SCC
Space Craft 프로 팀 창설 기획서.

"올도어SCC?"

올도어 그룹에서 새 프로 팀을 창설하겠다는 뜻이었다.

"올해 들어 우리 올도어 그룹이 e스포츠 사업을 시작해서 크게 성공하신 건 아실 거예요."

이신은 고개를 끄덕였다.

경기 중계를 유료 서비스로 전환하는 데 성공해서 광고 수입에 의존하던 예전과는 단위가 다른 매출을 기록했다고 들었다.

바로 이 e스포츠 사업 진출을 진두지휘한 사람이 바로 지수민이었고, 올도어의 회장 지창현이 둘째딸 지수민에게 약한 이유도 바로 이것이었다.

엉뚱한 부탁을 하고 안 들어주면 땡깡을 부리는데도, 번뜩이는 사업 감각이 있어 반드시 성과를 내고야 마는 것이었다.

"박영호 선수와 최영준 선수가 월드 SC 그랑프리에서 좋은 성적을 내고, 신 님도 복귀하면서 시장은 더 좋아졌어요. 전 세계 팬들도 경기를 결재해서 보기 시작했거든요."

지수민은 웃으며 설명을 이었다.

"저는 보다 세분화된 상품을 개발하고 있어요. 프로리그 경기에 5명의 선수가 출전하면, 그중 한 선수의 경기만 결재해서 보고 싶어 하는 고객이 있을 수 있겠죠?"

이신은 고개를 끄덕였다.

"그래서 그것을 세분화해서 한 선수의 경기만 결재해서 다시 볼 수 있는 시스템을 만들고 있어요. 그 수익금은 해당 선수 두 명과 소속 팀, 그리고 우리 그룹과 협회가 나눠 갖는 구조죠. 그게 구축되면 인지도가 높은 선수는 천문학적인 금액을 벌 수 있을 거예요. 게다가 소속 팀이 아니라 저희 올도어에서 직접 지급하는 것이니 돈을 떼일 일도 없고요."

"좋군."

"그럼요. 신 님처럼 인지도 높은 스타는 더더욱 자기 인기와 실력만큼의 수익을 거둘 수 있는 공평한 시스템이에요."

"그럼 인기 있는 선수에게 수익이 집중되지 않을까요?"

주디가 물었다.

지수민이 답했다.

"노력해서 실력과 인기를 키우면 누구든 기회가 있죠. 게다가 신 님의 플레이를 보고 싶어서 결재하면, 신 님뿐만 아니라 그 상대 선수도 같은 액수를 정산 받으니 선수들끼리도 어느 정도 공생을 할 수 있는 구조가 되겠죠?"

그렇게 되면 선수들은 팬들이 다시 보고 싶어 하는 재미있는 경기를 만들기 위해 노력하게 될 것이다.

실력은 있지만 게임은 재미없는 선수도 있지만, 그건 어쩔 수 없는 일이었다.

e스포츠도 엄연한 엔터테인먼트. 팬들이 즐길 수 있도록 노력하는 자세가 필요했다.

그래야 선수들이 늘 똑같은 플레이만 고집하지 않고 나름대로 새로운 시도를 하면서 전략·전술을 연구하게 된다.

"현재는 그렇게 선수에게 갈 수익도 팀이 갖고 있어요. 팀은 선수들에게 연봉만 지급하죠. 선수들은 자기 가치가 어느 정도인지 모른 채 연봉 협상을 할 수밖에 없어요."

지수민이 계속 말했다.

"저희 올도어가 새로운 프로 팀을 창설하고자 하는 것도 바로 그 부분을 타파하고자 하는 거예요. 올도어SCC에 입단한 선수들은 모두 그 수익을 챙길 수 있도록 계약을 할 거예요."

"다른 팀들이 반발하지 않습니까?"

이신이 물었다.

지수민은 어깨를 으쓱했다.

"이러한 구조는 이미 세계적인 추세고, 협회와도 얘기가 됐어요. 다른 팀들이 반발해 봤자 명분도 없죠. 결국 선수들에게 더 많은 몫을 주기 싫어서 반발하는 건데, 목소리 높였다간 선수들의 불신만 사죠."

지수민은 한국 e스포츠의 시장 흐름을 바꿀 새로운 시도를 하고 있는 셈이었다.

팀이 아닌 선수들이 갑이 되는 시장 말이다.

"올도어SCC가 창설되면 2부 리그에서 시작하지만, 1부로 올라가는 데 반년도 안 걸릴 거예요. 그때쯤이면 1부 리그도 기존의 8팀 체제에서 10팀 체제로 확장될 거고요."

"좋은 일 같습니다."

이신은 고개를 끄덕였다.

"근데 이게 어째서 축하 선물입니까?"

지수민은 눈웃음을 지었다.

"새로 창설되는 올도어SCC로 와주실래요? 지금과는 비교도 안 되는 돈 방석에 앉게 해드릴게요."

"선수로 영입하고 싶다는 뜻이군요."

"아뇨."

"……?"

"선수 겸 감독이에요."

"감독?"

이신은 깜짝 놀랐다.

"밴쿠버SCC 같은 선진적인 팀을 만들어보고 싶지 않으신가요? 직접요."

인터넷 커뮤니티에서 우스갯소리로 나도는 말이 있었다.

이신과 제자들을 얻은 팀이 천하를 얻을 것이라고.

어쩌면 그게 실현될 수도 있는 제안이었다.

'주디는 충분히 1군으로 쓰고, 차이도 이제 조금만 더 다듬으면 플레이 스타일을 완성할 수 있어. 존은 아직 운영이 너무 부족하니 2군으로 써야 하고……'

잠자리에서 이신은 곰곰이 생각했다.

'나와 주디와 차이까지 인류 라인은 충분한데, 신족과 괴물을 보강해야지. 정다울은 괴물전 카드로 써먹을 수는 있지만 그 외에는 약점이 너무 많고……'

머릿속에 최영준, 박영호, 신지호, 황병철 등 특급 선수들의 이름이 계속 스쳤다.

이신은 고개를 휘휘 저었다.

'이미 팀 내에서 특급 대우를 받고 있으니 데려오기 힘들겠지. 아무래도 저평가된 선수들을 노려보면 좋겠군.'

잠이 오지 않았다.

갑자기 프로리그에서 활동하는 선수들의 명단을 보고 싶었지만 그렇다고 갑자기 PC로 가서 인터넷 서핑을 하기도 좀 뭐했다.

지금은 자야 할 시간이었다.

'가볍게 검색을 할 수 있으면 좋을걸. 역시 스마트폰을 사야 하나?'

아니, 스마트폰은 너무 작고 정신 사나웠다. 하지만 태블릿PC는 구매해도 괜찮을 듯싶었다.

한 번도 원해본 적이 없었던 스마트기기를 찾게 된 이신.

이렇듯 잠이 오지 않는 건, 지수민의 제안 때문이었다.

새로운 프로 팀 창설. 그리고 감독 겸 선수는 바로 자신.

밴쿠버SCC 못잖은 명문 팀을 자신의 입맛에 맞게 만들어볼 수 있다는 생각에 잠이 오지 않았다.

올도어 그룹의 전폭적인 지원을 받아, 자신의 생각이 모두 반영된 최고의 팀을 만든다!

어떤 영입 조건에도 흔들린 적이 없었던 이신이 지수민의 제안에 가슴 설렘을 느끼고 있었다.

'하지만 감독 역할을 내가 맡기는 무리군.'

언뜻 보기에는 하는 일이 없어 보여도, 사실 제대로 된 감독이라면 하는 역할이 굉장히 많다.

대표적인 것은 선수들 관리.

수십 명의 선수 및 연습생을 전부 관리해야 하는데, 그것만으로도 대단히 큰일이었다.

선수 생활을 하면서 그런 것까지 하기란 불가능했다.

그리고 이신은 체질적으로 그런 인간관계와 관련된 일을 싫어했다.

제자를 셋이나 들인 이유는 인간관계 따위를 신경 쓸 필요가 없었기 때문이었다.

그냥 일방적으로 시키고 가르치면 되니까!

주디, 차이, 존 모두 이신을 스승으로 받들고 절대복종을 하기에 데리고 있을 수 있는 것이다.

아무튼 자신을 대신해 감독의 역할을 해줄 사람이 필요했다.

'적당한 사람이 누구 없을까?'

연배가 많아서는 안 된다. 이신은 새로 창설된다는 팀을 자신의 취향대로 만들어가고 싶었다.

팀 구성에 있어서 자신의 의견에 반대할 사람을 원치 않았다.

연배도 많지 않고, 생각이 열려 있어서 새로운 시도를 함께 할 수 있는 사람. 아무래도 은퇴한 프로게이머 중에서 고르는 편이 좋을 터였다.

그러자 누군가의 얼굴이 스쳤다.

이신은 즉시 핸드폰을 집어 들고 문자를 보냈다.

—자?

—환열이 형 : 아직.

생각 난 사람은 바로 최환열이었다.

—수석코치 안 할래?

—환열이 형 : 헐;;; 무슨 뜬금없이 수석코치야? MBS?

—아니.

—환열이 형 : 그럼ㅇㅇ?

—이건 비밀인데.

—환열이 형 : ㅇㅇ

—새로 창설될지도 모르는 팀이야.

—환열이 형 : 신생 팀이야 어디 한두 개냐. 스폰서가 중요하지.

—올도어.

—환열이 형 : 헐;; 완전 대형 스폰서네. 큰 팀이 되겠는데?

—어.

—환열이 형 : 근데 그런 팀 수석코치를 왜 네가 찾고 있어? 너 거기 영입되기로 했냐?

—긍정적으로 생각 중.

—환열이 형 : 근데 수석코치를 왜 네가 구하냐고? 그럴 권한이 있어?

—선수 겸 감독.

—환열이 형 : 진짜???

—어.

—환열이 형 : 그래서, 나더러 네 밑에서 일하라고?

—어.

—환열이 형 : 야 이 개념 없는 시키야. 너 내가 개인방송으로 얼마나 버는지 알긴 하냐?

—몰라. 순위는 나보다 밑이던데.

—환열이 형 : 그야 그렇지;;;;;

이신은 주말마다 한 번씩 개인방송을 했다.

그럼에도 매일 방송을 하는 최환열보다 인기 순위가 높았다. 이신교의 막강한 지원을 받고 있기 때문이었다.

—아무튼 나 대신 감독 대행을 해줄 수 있는 사람을 떠올리니까 형이 생각났어.

—환열이 형 : 글쎄다. 난 지금도 이미 충분히 잘 살고 있어서 다른 일은 생각이 안 난다.

—알았어. 프로리그가 그리우면 연락해.

—환열이 형 : 그래. 설희가 잠 안 잔다고 뭐라 한다. 너도 이만 자라ㅋ

—어.

문자 대화 내용을 슥 검토해 본 이신은 고개를 끄덕였다.

'수석코치는 구했군.'

이신은 확신했다.

최환열은 아마 조만간 하겠다고 연락이 올 터였다.

—태블릿PC 추천 좀.

—환열이 형 : 나도 잘 모르는데. 설희한테 물어볼게. 걔가 진성 얼리어답터거든.

하지만 그 후로 최환열에게 문자 메시지가 오지 않았다.

다만 이틀 후, 택배가 도착했다. 12인치 태블릿PC였다.

전원을 켜보니 최환열·유설희 커플의 사진이 바탕화면으로 등록되어 있었다.

이신은 피식 웃었다.

새로 얻은 태블릿PC를 사용해 보았는데, 워낙 스마트와 거리가 먼 삶을 산 이신은 제대로 된 사용법을 알 수 없었다.

MBS 팀 연습실에서 태블릿PC를 붙들고 심각한 고민에 잠긴 이신의 모습은 모두의 관심을 불러 일으켰다.

"왜 저래?"

"뭔가 심각한 뉴스라도 보고 있나?"

"전략을 연구하고 있는지도 몰라."

"하긴, 결승전 상대가 지호지?"

"지호가 또 같은 인류에 찌를 만한 빈틈도 없잖아. 어찌 보면 상성이 좋지 않은 상대를 만난 거지, 뭐."

이신의 표정이 너무나 심각해서 다들 말을 붙일 엄두를 내지 못했다.

그런데 그때, 옆자리에서 연습하던 주디가 슬쩍 말했다.

"가르쳐 드릴까요?"

"어."

기다렸다는 듯이 고개를 끄덕이는 이신. 주디는 킥킥 웃었다.

"이리 줘보세요."

주디는 와이파이에 접속하는 방법부터 어플을 설치하고 실행하는 법까지 친절하게 가르쳐 주었다.

그걸 보며 선수들과 연습생들은 할 말을 잃었다.

"…사용법을 몰라서 저러고 있었던 거야?"

"그랬나 봐."

"그럼 왜 알려달라고 말을 안 해?"

"쪽팔렸나 보지."

"하긴, 요즘 세상에 스마트폰도 안 쓰는 인간이 어디 있냐?"

"완전 어르신 포스네."

어찌되었든 이신은 주디가 가르쳐 주는 설명을 열심히 들었다.

'정말 편리한 물건이군.'

태블릿PC로 침대에서도 지난 프로리그 경기를 다시 볼 수 있다니 말이다.

신세계를 본 이신.

그는 열심히 태블릿PC로 인터넷 서핑을 하다가 이메일이 한 통 와 있는 걸 확인했다.

영문으로 된 이메일이라 뭐라고 쓰여 있는지 알아볼 수가 없었지만 한눈에 알아볼 수 있는 로고가 있었다.

Paris SC Club.

파리SCC.

프랑스의 최고 명문 프로 팀의 이름이었으며 금메달리스트 엔조 주앙이 소속된 팀이기도 했다.

"주디."

"네?"

"이거 프랑스어 아니지?"

이메일 내용을 본 주디는 고개를 끄덕였다.

"네, 영어예요."

"번역."

"네."

주디는 이메일 내용을 해석해서 설명해 주었다.

내용은 바로 이러했다.

이신 선수에게.

최영준 선수와의 준결승전 경기는 아주 감명 깊게 보았습니다.

누구도 생각 못 했던 대승을 거둔 경기력에 경의를 표합니다.

저희는 복귀한 이신 선수의 경기를 쭉 지켜보고 있었습니다.

최영준 선수를 그렇게 완벽하게 격파할 수 있었던 데는 밴쿠버 SCC와 했던 연습이 효과를 거둔 것인지도 모르겠습니다.

이제 결승전을 앞두고 계시는데, 결승전 상대는 상당히 강력한 인류 플레이어로 이름 높은 신지호 선수로 알고 있습니다.

저희는 이신 선수의 우승을 기원하고 있고, 또한 우리가 이신 선수의 결승전 준비를 도와줄 수 있을 거라고 생각합니다.

저희 파리SCC도 엔조 주앙을 비롯하여 수준급의 인류 플레이어가 많이 있습니다. 또한 모두들 한국이 낳은 위대한 프로게이머를 만나고 싶어 합니다.

이신 선수와 제자 세 분을 파리로 초대하고 싶습니다.

조만간 MBS로 공식 요청을 하겠습니다.

예전의 이신은 해외 활동을 안 하기로 유명했다.

출국하기가 귀찮기 때문에 월드 SC 그랑프리가 아니면 좀처럼 비행기를 타는 일 자체가 없었다.

그런데 부상에서 복귀한 후로는 달라졌다.

미국 서부 라스베이거스에서 이벤트 매치를 치러 흥행.

또한 얼마 전에는 휴가 도중 밴쿠버SCC의 초대를 받아 연습을 했다.

특히 밴쿠버SCC의 선수들은 이신과 찍은 사진을 SNS에 올려 자랑했다가 캐나다 팬들의 원성을 들었다.

기껏 이신이 캐나다에 왔는데, 이벤트 매치 하나 성사시키지 못했냐는 질책이었다. 이신의 플레이를 직접 경기장에서 관람하고 싶어 하는 해외의 팬들이 많다는 증거였다.

아무튼 이신이 이제 해외 활동에 거부감을 느끼지 않는다는 것을 알고는 파리SCC도 초청을 하기로 결심을 한 모양이었다.

'파리SCC도 대단한 명문 팀이지.'

엔조 주앙을 금메달리스트로 키워낸 팀이었다.

그랑프리 단체전에서도 4강에 들어 명성을 떨쳤으니, 얼마나 대단한 팀인지 짐작 가능했다.

'참고할 게 많겠군.'

지수민에 의해서 새 팀 창설이라는 화두가 머릿속에 꽉 차 있는 이신이었다.

파리SCC 같은 명가의 초대를 받으니 자연스럽게 그런 생각이 들었다.

다음 날, MBS팀에 파리SCC의 요청이 정식으로 들어왔다.

MBS 연습실은 그 일로 어수선했다.

왜냐하면 파리SCC는 아예 이신은 물론이고 MBS의 1군 선수 전원을 초대했기 때문이었다.

2군 선수와 연습생들은 실망감을 금치 못했지만, 1군 선수들은 잔뜩 들떴다.

"그럼 우리 파리 가는 거야?"

"에펠탑!"

"파리의 미녀들을 볼 수 있다!"

"숙식을 전부 파리SCC에서 제공해 준다던데? 걔네들 진짜 쩐다."

"그냥 숙소가 아니라 호텔로 제공해 주겠대."

"와, 갑부 팀 위엄 돋는 거 보소."

"전부 제공해 주면서까지 우리를 정중하게 초청하다니 의외네. 쌍성전자라면 모를까……."

"새꺄, 신께서 우리 팀에 계시니까 그렇지. 우리는 그냥 곁다리야."

"그야 그렇지. 아무튼 덕분에 파리도 가보네. 파리SCC 같은 팀이랑 붙어볼 수도 있고."

신이 나 있는 1군 선수들.

다들 어리다 보니 낯선 지역에서 낯선 사람을 만나는 것에 강한 흥미를 느끼고 있었다.

게다가 낭만의 도시 파리였다.

"네가 데리고 있는 애들도 데려오란다."

방진호 감독이 말했다.

"예, 들었습니다."

이신은 고개를 끄덕였다.

"이것도 들었는지는 모르겠는데, 엔조 주앙이 네게 관심이 많다더라."

"아마 그럴 거라 생각합니다."

엔조 주앙의 플레이 스타일은 이신을 벤치마킹한 거나 다름없었다. 이신에게 관심이 없을 리가 없었다.

"파리SCC가 너를 탐내는 것도 이번 친선 훈련의 이유겠지만, 엔조 주앙이 개인적으로 강력히 요청한 것도 있다더라."

엔조 주앙은 파리SCC의 프랜차이즈 스타.

금메달리스트가 되고서는 프랑스의 영웅으로 떠올랐으니, 그런 엔조 주앙이 강력히 요청했다면 파리SCC가 들어준 것도 이해 못할 일은 아니었다.

방진호 감독이 어깨를 으쓱했다.

“그놈 요즘 슬럼프야.”

“슬럼프?”

“프랑스 프로리그에서 완전 죽을 쑤고 있던데.”

제9장
수확

[카이저.]

머릿속으로 문득 익숙한 목소리가 울려 퍼졌다.

이신은 흠칫 놀랐다.

그는 현재 파리로 향하는 레벨린 가문의 전용기 안에 있었다.

태블릿PC로 다운받아 놓았던 지난 경기 영상을 보고 있다가 갑자기 이상한 목소리를 들은 것이었다.

"왜 그러세요?"

곁에서 함께 보던 주디가 물었다.

"아냐. 잠깐 눈 좀 붙이고 올게."

이신은 태블릿PC를 주디에게 건네주고는 전용기 내부에 있는 작은 침실로 향했다.

[카이저.]

다시금 울려 퍼지는 음성.

바로 그레모리의 목소리였다.

'그레모리 님?'

[그래요. 잘 지내고 있었나요?]

'예. 그런데 무슨 일이십니까?'

[카이저를 마계로 부르고 싶은데 양해를 구하려고요.]

그 말에 이신은 의아함을 느꼈다.

'한 번도 저를 부르실 때 미리 양해를 구하신 적이 없잖습니까.'

[호호호, 서열전을 앞두고 부르는 일은 계약에 명시된 사항이니 양해를 구할 필요가 없잖아요.]

'그럼 이번에는 서열전과 관련된 용건이 아니군요?'

[엄밀히 따지면 그렇죠.]

'무슨 일이십니까?'

[자세한 이야기는 직접 만나서 들려드릴게요.]

'알겠습니다.'

[그럼 지금 부르도록 할게요.]

'예.'

그러자 흑색의 작은 점이 허공에 나타났다.

파아앗!

흑색 점은 블랙홀처럼 이신을 빨아들였다.

눈 깜짝할 사이에 주위의 환경이 변해 있었다.

하지만 이미 익숙한 터라, 이신은 놀라지 않고 눈앞에 있는 그레모리를 응시했다.

"어서 와요, 카이저."

"…예."

이신의 목소리가 살짝 떨렸다. 그는 마음의 동요를 감출 수 없었다.

그럴 수밖에 없었다.

그레모리는 날씬한 허리 맵시를 잘 살린 검정색 계통의 화려한 드레스를 입고 있었다.

살짝 드러난 가슴골과 눈처럼 하얀 피부, 붉게 칠한 입술… 살짝 스모키하게 화장한 눈매는 예쁘게 웃음을 머금고 있었다.

무엇보다도 그녀에게서 풍겨오는 기묘한 위압감.

그레모리는 악마군주다운 기품과 아름다움을 고스란히 뽐내고 있었다.

"어떤가요?"

"예쁩니다."

이신은 솔직히 칭찬했다. 보고 있기만 해도 가슴이 설렐 정도였다.

"고마워요."

그레모리는 기뻐하며 활짝 웃었다.

그녀의 웃음을 보니 현기증이 날 정도로 아찔해졌다. 평소에도 아름다운 그레모리였지만, 오늘따라 그녀는 유독 화려하게 치장한 듯한 인상이었다.

"무슨 일로 저를 부르셨습니까?"

이신이 용건을 물었다.

그레모리는 옥좌에서 일어나 이신에게 다가왔다.

"이리로."

그녀는 이신을 창가로 안내해 창밖에 보이는 하늘을 가리켰다.

섬섬옥수 같은 하얀 손가락을 따라, 이신의 시선도 하늘로 향했다.

흠칫.

이신은 놀랐다.

현실세계에서 볼 수 없는 몽환적인 풍경이 마계의 하늘에 수놓아져 있었다.

매우 밝은 낮임에도 태양은 보이지 않았다.

대신 보름달이 떠 있었다.

어찌나 큰지 현실에서 볼 수 있는 달의 10배쯤 되는 어마어마한 크기였다.

"곧 만월(滿月)이에요."

"그렇군요."

건성으로 대답하면서, 이신은 넋을 놓고 달에 빠졌다.

시리도록 푸르고 큼직한 달은 이신을 홀리듯이 빛나고 있었다. 어쩐지 이신은 그 달빛에 시선을 빼앗긴 채 눈을 돌릴 수가 없었다.

저 푸른 달빛을 보고 있노라니 몸속에서 무언가가 충만하게 차오르는 듯한 만족감이 느껴졌다.

그것은 어떤 욕망의 충족보다도 더 만족스럽게 그의 마음을 채워주고 있었다.

"아름답죠?"

"예."

"저렇게 크고 아름다운 달을 볼 수 있는 건 마계에서도 1년에 딱 한 번뿐이에요."

그녀의 말이 이어졌다.

"그리고 그날은 악마들에게 무엇보다도 소중하고 특별한 날이죠."

"어째서입니까?"

"인간으로 치자면 수확을 하는 날이기 때문이죠."

"수확?"

"이날은 마계의 마력이 그 어느 때보다도 충만해져요. 저 달빛을 받고만 있어도 마력의 총량이 늘어 각성하는 악마들이 대거 발생하죠."

그레모리는 계속 설명했다.

"그리고 영지를 가진 악마들은 영지로부터 다량의 마력을 수확할 수가 있죠. 그래서 이때 하급에서 중급으로, 중급에서 상급으로 진화하는 악마가 많이 생기죠. 악마군주들도 서열전으로 소모한 마력 총량을 보충하고요."

"그렇다면 저도……?"

"물론이죠. 카이저도 영지를 보유한 악마이니까요. 게다가 이제는 능력까지 각성하신 것 같네요?"

"예."

"어떤 능력이던가요?"

"치유였습니다."

"후훗, 역시 그렇군요."

손목을 다쳐 은퇴해야 했던 때, 간절히 복귀를 원했던 한 맺힌 기억이 치유 능력으로 발현된 이신이었다.

"제가 선물한 반지를 사용해 보셨나요?"

"반지는 아직 사용하지 않았습니다."

"그럼 지금 사용해 보세요. 반지에 제가 새겨 넣은 기능을 알아두시는 게 좋을 거예요."

그 말에 이신은 왼손 약지에 낀 반지에 마력을 주입했다.

파앗!

그러자 반지로부터 따스한 기운이 터져 온몸을 감쌌다.

이신은 삽시간에 포근하고 안락한 기분에 휩싸였다.

그리고 머릿속으로 어떤 메시지가 머릿속에 나타났다.

[마력 : 2,641/2,858]

이신은 흠칫 놀랐다.

'2,858마력이라면 현재 내가 가진 마력 총량인데, 그 옆의 2,641은 뭐지?'

"어떤가요?"

그레모리가 물었다.

이신은 이 두 가지 숫자에 대해 물었다.

"2,858은 마력 총량, 그리고 2,641은 현재 보유한 마력량이에요."

그녀는 친절하게 설명해 주었다.

"마력 총량이 그릇이라면 현재 보유한 마력량은 그 안에 담긴 물이라고 할 수 있죠. 그리고 그 물을 채워주는 것이 저 달과 영지예요."

그레모리의 설명은 이러했다.

이신이 현재 보유한 마력량이 적은 이유는 현실세계에서 능력을 사용했기 때문이었다.

하지만 그렇게 능력을 사용해 마력을 소모했다고, 그 소모한 마력을 영구히 잃는 건 아니었다.

그릇이 비면 안에 다시 물을 채워 넣어주는 역할을 바로 달과 영지가 한다.

마계의 달빛을 받고만 있어도 마력량이 다시 회복되며, 영지에서 쉬고 있으면 영지로부터 마력을 흡수해 회복할 수도 있다. 물론 영지의 규모와 질에 따라 마력 회복 속도가 달라지지만 말이다.

마력 총량, 즉 그릇의 크기를 키울 수 있는 방법은 두 가지였다.

첫째는 서열전. 인간은 악마를 이겼을 때 소원을 빌 수 있다.

물론 한 악마당 딱 1번씩밖에 기회가 없다. 그 뒤로는 같은 악마에게 여러 번 더 이겨도 소원을 빌지 못하는 제한이 있다.

어쨌거나 그 소원으로 마력을 받으면, 그 마력은 고스란히 마력 총량의 확장으로 이어진다.

그래서 악마군주들이 소원으로 마력을 주기 꺼려했다.

자신의 그릇의 크기가 영구히 줄어들기 때문이었다.

둘째는 만월의 밤. 바로 오늘이었다.

충만한 만월의 빛을 받거나 영지로부터 마력을 수확하여서 마력 총량을 늘릴 수 있다.

안에 담긴 물이 아닌, 그릇 자체를 키울 수 있는 날이기 때문에 이날이 악마들에게 매우 소중한 것이었다.

"그래서 카이저를 부른 거예요. 오늘 같은 날을 놓쳐서는 안 되니까요."

"그렇군요."

마력을 그리 특별히 여기지는 않는 이신이었다.

자신이 악마라는 사실 자체도 큰 의미를 두지 않았다.

하지만 마력이 많으면 사도를 더 임명할 수 있고 무기·방어구·능력을 부여할 수 있으므로 많을수록 좋다고 여겼다.

"능력을 마음껏 사용해도 마력을 다시 회복할 수가 있는 거군요?"

"맞아요. 하지만 지나치게 사용해서 전부 고갈되어 버리면 그릇이 손상되니 함부로 남용해서는 안 돼요."

"명심하겠습니다."

"그리고 오늘 밤은 연회가 열릴 거예요."

"연회?"

"네, 수확을 기념하는 연회죠. 그리고 최근 서열전에서 연전연승을 거듭해 밑바닥까지 추락했던 제 서열과 명예를 어느 정도 회복한 것을 축하하는 자리이기도 하죠."

"사람, 아니 악마들이 많이 참석하겠군요?"

"물론이죠. 제 휘하의 권속들이 모두 참여할 거예요."

악마들이 득시글거리는 연회. 대단히 시끌벅적한 사교의 장이 되리라.

이신은 대번에 가기 싫다는 기분이 밀려왔지만 단칼에 거절하기가 힘들었다.

왜냐하면…….

"모쪼록 참석을 부탁드릴게요."

"전 그런 자리가 불편합니다."

"이번 연회의 주인공이나 다름없는 카이저가 참석하지 않으면 전 웃음거리가 될 거예요."

"저 하나 빠졌다고 그레모리 님이 휘하의 권속들에게 비웃음을 사지는 않을 거라고 생각됩니다만."

"저를 위한 중요한 축하의 자리인데 카이저가 빠지면 계약자에게 존중받지 못한다는 인상을 모두에게 줄 수 있어요."

그렇게까지 말하니 거절할 명분이 없었다. 게다가 오늘따라 아름답게 치장한 그레모리가 간절한 눈빛으로 쳐다보자 입이 떨어지지 않았다.

상대는 악마군주.

현실에서 흔히 볼 수 있는 그런 여자가 아니었다.

"…알겠습니다."

"그럼 때가 되면 부를게요. 그때까지는 영지에서 쉬고 계세요. 달빛을 쬐고 영지로부터 수확도 하며 지내세요. 아주 특별한 경험이 될 거에요."

"예."

이신은 방에서 나와 궁전 뒤뜰에 위치한 자신의 영지로 갔다.

잘 지어진 커다란 오두막 한 채가 그를 반겼다.

오랫동안 자리를 비웠음에도 오두막은 더럽혀지지도, 앞마당에 잡초가 무성해지지도 않았다.

도리어 그 반대였다.

앞마당에 커다란 나무 몇 그루와 꽃들이 아름답게 조성되어 있어서 이신은 깜짝 놀랐다.

꽃들이 종류별로 나뉘어서 가꿔진 것을 보니 분명 누군가가 꾸며준 것이 분명했던 것이다.

그 누군가는 곧 이신 앞에 나타났다.

"안녕하십니까, 계약자 이신 님."

궁전에서 자주 보았던 시녀였다. 까무잡잡한 피부에 비현실적이기까지 한 빛나는 은빛 머리칼이 인상적인 미녀.

"저는 위대하신 악마군주 그레모리 님의 권속, 하급 악마 세리시아입니다. 그레모리 님의 명에 의하여 계약자 이신 님의 영지 관리를 맡았습니다."

"딱히 관리가 필요할 것 같지는 않은데."

"그렇지 않습니다."

세리시아는 방긋 웃으며 말했다.

"영지에 사는 생명체가 많을수록 더 많은 수확과 빠른 마력 회복 속도를 기대할 수 있습니다."

"그래서 꽃을?"

"네, 계약자 이신 님께서 만족스러운 수확의 날을 보내실 수 있도록 최선을 다했습니다. 자, 안으로 들어오세요."

영지 안에 들어서자 예의 그 포근한 기분이 밀려왔다.

몸이 나른해져서 당장 드러누워 게으름을 피우고 싶어졌다.

오두막 안, 거실에 흔들의자가 있었다. 흔들의자에 앉은 이신은 등을 부드러운 쿠션감을 가진 등받이에 맡겼다.

커다란 창문을 통해 들어오는 만월의 달빛이 이신을 아침 햇살처럼 따스하게 감쌌다.

옆의 탁자에 따듯한 차를 가져다놓은 세리시아가 친절하게 속삭였다.

"푹 쉬세요. 연회 때 깨워 드릴게요."

이신은 나직이 고개를 끄덕였다.

그러고는 눈을 감았다.

그는 그대로 스르륵 잠에 빠졌다.

잠든 사이에 현실세계에서 치유 능력을 써서 소모했던 마력이 회복되기 시작했다.

[마력 : 2,713/2,858]

[마력 : 2,858/2,858]

그리고 달빛이 극에 달하여 완전한 만월이 마계를 뒤덮었을 때.

[마력 : 2,858/2,864]

마력 총량이 조금씩 늘어나기 시작했다.

하급 악마가 되어 능력을 각성하고 자신의 영지에서 만월의 빛을 쬐며 수확의 밤을 보내는 이신.

그러한 것들에 큰 의미를 두지 않았지만, 그런 마음가짐과 상관없이 그는 어엿한 악마가 되어가고 있었다.

*　　　*　　　*

"계약자님, 일어나세요."

시녀 세리시아가 깨웠다.

눈을 떠보니 어느덧 밤하늘은 어두컴컴해지고, 월광은 더 화려하게 빛나고 있었다.

잠에서 깬 이신은 반지에 마력을 주입해 보았다.

[마력 : 3,210/3,210]

'정말로 올랐군.'

마력 총량이 2,858에서 3,210으로 약 350가량 올라 있었다.

수확의 날에 마력 총량이 11% 넘게 상승한 효과를 본 셈이었다.

어째서 오늘이 악마들에게 아주 중요한 날인지 알 수 있었다. 악마들의 정체성이자 근본이나 다름없는 마력량을 이토록 높여주니 말이다.

"효과는 많이 보셨나요?"

시녀 세리시아가 방긋 웃으며 물었다.

"대충 11% 정도 오른 것 같은데."

"어머, 역시 많이 오르셨네요. 너무 부러워요."

"많이 오른 건가?"

"그럼요. 일반적으로는 상승 비율이 5% 내외가 대부분이니까요."

"어째서 나는 많이 오른 거지?"

"그만큼 좋은 영지를 얻으셨기 때문이에요. 그레모리 님께서 많이 신경 써주신 것이니 감사히 생각하셔야 해요."

"그런가."

"호호, 물론 계약자 이신 님은 그만한 대접을 받을 자격이 충분하시지만요. 자, 아무튼 준비하세요. 이제 곧 연회가 시작되니까요."

고개를 끄덕인 이신은 자리에서 일어났다.

궁전으로 돌아가 보니, 그레모리는 이미 연회장에 입장할 치장이 끝난 상태였다.

화려하게 치장을 한 그레모리를 보니 이신은 덜컥 겁이 났다.

"혹시 저도 그렇게 무언가 따로 꾸며야 합니까?"

"호호, 그럴 필요 없어요. 말씀드렸죠? 악마들에게 겉모습은 큰 의미가 없다고요."

그레모리는 이신에게 손을 내밀었다.

"자, 에스코트를 해주셔야죠?"

"예."

에스코트라는 말에는 익숙하지 않았지만, 어쨌거나 이신은 그녀의 손을 잡았다.

두 사람은 함께 연회장으로 입장했다.

떠들썩한 연회장의 풍경.

온갖 진귀한 요리와 술이 한가득 쌓여 있었고, 온갖 신기한 용모의 악마들이 득시글거렸다. 웃고 떠들고 노래하고, 엉망진창 무질서하게 유흥을 즐기던 악마들이 일제히 동작을 멈췄다.

거짓말처럼 모두 정돈된 모습과 정숙함으로 두 사람의 입장을 맞았다.

물론 나직하게 악마들이 소곤거리는 소리가 언뜻 들렸다.

"저 인간이 그레모리 님의 계약자인가? 아, 이제 인간이 아니군."

"그레모리 님의 총애를 받는 인간 출신의 악마지."

"벌써 각성도 했다는군."

"궁전 안에 영지를 얻다니, 그레모리 님께서 어지간히도 아끼시는군."

"그럴 만도 하지. 연전연승을 거두고 있는 계약자니까. 그레모리 님께서 지금의 성세를 회복하신 것도 저 계약자의 공로니까."

악마들의 시선과 관심이 모여들자 이신은 숨이 턱 막히는 기분이 들었다.

'내가 왜 이러지?'

수많은 인파 앞에 서본 경험이 많은 이신이었지만, 지금은 웬일인지 무대 공포증 환자처럼 부담감이 밀려왔다.

식은땀이 나고 쿵쾅거리는 심장을 주체할 수 없었다.

'악마들이라 그런가?'

그럴 만도 했다.

이 자리에 모인 득시글거리는 존재들은 인간이 아니었다.

모두가 악마들!

수백수천 악마들의 시선이 집중되는데 멀쩡히 평상심을 유지할 수 있는 인간은 없었다.

그때, 그레모리가 나직이 속삭였다.

"반지의 힘을 이용하세요. 카이저도 이제는 각성한 하급 악마예요."

'아.'

그제야 이신은 반지에 마력을 주입했다.

스르륵—

따스한 기운이 몸을 감쌌다.

포근하고 편안한 기분이 들면서 긴장감이 사라졌다. 심장 박동이 진정을 되찾으면서, 이신은 평정심을 회복했다.

함께 손을 잡고 입장한 두 사람은 이윽고 황금옥좌에 이르렀다.

"여기 서 계세요."

"네."

그레모리는 황금옥좌에 앉았고, 이신은 그 옆에 섰다.

악마들은 그 두 사람은 우러러본다. 마치 자신이 악마들의 위에 군림하는 듯한 착각이 드는 구도였다.

하지만 반지가 전달해 주는 영지의 기운 덕분에 이신은 평상심을 계속 유지할 수 있었다.

"위대하신 악마군주 그레모리 님께 영광이 있기를—!!"

각양각색으로 생긴 악마들이 일제히 소리쳤다.

그레모리는 미소를 지어 화답했다.

"모두들 잘 왔다. 오늘은 1년에 단 한 번뿐인 만월의 밤, 수확의 날이다. 그리고 또한 축하할 일들이 많은 날이기도 하다."

그러면서 그녀는 보좌관처럼 옆에 서 있는 이신을 가리켰다.

"봐라, 나의 계약자를!"

그렇지 않아도 주목받던 이신에게 모든 악마의 눈길이 모아졌다.

"서열전에서 그 짧은 사이에 1명의 상급 악마와 6명의 악마군주와 싸워 이긴 나의 대리자를 보아라! 이 짧은 시간 동안 그 누가 이 같은 활약을 할 수 있을까? 그 누가 나에게 이렇듯 승리를 가져다줄 수 있을까?"

"위대하신 악마군주 그레모리 님께 영광을!"

"지극히 높으신 악마군주 그레모리 님께 승리를!"

"계약자 이신 만세!"

악마들의 열광했다.

누군가는 이신의 활약을 칭송했고, 누군가는 경외를, 누군가는 질시를 보냈다.

악마들의 환희와 열광이 전달되었다. 뜨겁게 고양되어 아드레날린이 폭풍처럼 차오르려는 흥분이 반지의 기운에 의하여 진정되었다.

인간의 희로애락을 가지고 노는 것이 악마라고 했던가?

이신은 하급 악마로서의 힘으로 간신히 그 자리에 버티고 설 수가 있었다.

그레모리는 마력이 담긴 거대한 음성으로 외쳤다.

"먹고 마시고 즐겨라! 만월을 기념하며, 우리의 승리를 기리며!"

"우와아아아!"

"크아아아!"

"그레모리 님 만세!"

압도적인 광경이었다.

악마들은 정말로 짐승들처럼 술과 음식에 덤벼들었다. 먹고 마시고 서로 싸우고 탐닉했다.

이신은 이런 난장판은 난생 처음이었다.

그가 세계 e스포츠 팬들이 지켜보는 앞에서 무패로 금메달을 획득했던 순간에도, 이 정도로 난리가 나지는 않았다.

그레모리는 그 혼잡한 난장판을 가리키며 말했다.

"자, 카이저도 즐겨보실래요?"

"사양하겠습니다."

"후훗, 겁나시나요?"

"목숨을 잃을까 봐 두려울 정도입니다."

"호호호, 인세에서 느낄 수 있는 모든 쾌락을 다 즐기실 수 있을 거예요. 자, 어서 가서 즐겨보세요."

"괜찮습니다."

이신은 절대 사양이었다.

"그래요? 어머, 이를 어짜죠?"

"……?"

"우리 귀여운 아이들 중에서 카이저를 노리는 것들이 한둘이 아닌데."

"예?"

그때였다.

시녀들 중 한 명이 등 뒤에서 이신을 덮쳤다. 가녀린 두 팔로 목을 끌어안았다.

"잠깐……!"

다른 한 시녀는 그의 턱을 붙잡고 강제로 입을 맞췄다. 입속으로 그녀가 머금고 있던 술이 들어갔다.

달콤한 술이 식도를 넘어 들어가는 순간, 화악 하고 뜨거운 열기가 올라왔다.

"깔깔, 맛 좋죠?"

술 특유의 뱃속이 뒤집어지는 불쾌감은 조금도 없이 알코올의 열기만이 가득한 기이한 술이었다.

그 술 한 모금에 이신은 치유 능력을 사용할 틈도 없이 정신을 차릴 수가 없었다.

시녀들이 계속해서 그를 덮쳤다.

"호호, 이런 자리에서는 정신없이 즐겨야죠!"

"이리로 따라오세요!"

깔깔거리는 소리가 요란하게 들렸다.

인간 세상에서는 찾아볼 수 없는 마계의 미녀들은 이신을 연회장의 난장판 속으로 끌고 들어갔다.

입을 맞춰 술을 넣어주고 음식을 먹여주고 몸을 어루만졌다.

술이 들어갈수록 이신은 이성을 잃었다. 인체의 모든 감각이 쾌락으로 가득 차기 시작했다.

그 뒤로는 온통 난장판이었다.

폭풍우에 휩쓸린 부평초처럼 이신은 악마들에게 이끌려 본인의 의사와 상관없이 축제를 즐겼다.

그런데 바로 그때였다.

끼이익—

궁전의 문이 열렸다.

한 악마가 안으로 성큼성큼 걸어 들어왔다.

키는 2미터쯤 될까. 장신에 늘씬하지만 탄탄한 몸매를 가진 아름답게 생긴 미남자였다.

그 악마는 성큼성큼 난장판을 가로지르고 들어가 그레모리의 앞에 당당히 섰다.

그레모리는 자애롭게 웃었다.

"어쩐지 마음이 허전하다 싶었더니. 네가 없었구나, 칼리파."

"그레모리 님, 제 주인이시여!"

악마 칼리파는 그레모리 앞에서 무릎을 꿇고 경배했다.

"뭘 하다가 이렇게 늦게 왔니?"

"서열전을 마치고 돌아왔습니다."

"서열전을?"

"예."

"어디, 이리 와보렴."

칼리파가 가까이 다가왔다. 그레모리는 칼리파의 머리에 손을 얹었다.

그녀는 깜짝 놀랐다.

"5만?"

"부끄럽습니다."

그레모리의 권속, 상급 악마 칼리파.

그는 그녀의 휘하에 있으면서 어느새 마력을 5만이나 모은 것이다. 끊임없이 자신을 연마하고 상급 악마끼리 서열전을 펼쳐 이겨 나간 덕분이었다.

"부끄럽기는. 이 정도면 악마군주의 자리에 도전할 날도 머지않았구나! 네가 원한다면 내 적정한 대가를 받고 너를 내 권속에서 풀어줄 것이다."

"악마군주의 지위는 경외하나 언감생심 감히 탐하지 않나이다."

"후훗, 이 세상에 욕심이 없는 악마가 있겠느냐?"

칼리파는 고개를 끄덕였다.

"물론 제게도 감히 한 가지 욕심이 있습니다."

"말해보아라."

"이 세상에 계약자가 꼭 인간이라는 법은 없습니다."

"물론이다. 하지만 가장 많은 재능과 가능성을 품은 종족은 인간이지. 그래서 계약자는 인간이다."

"그리고 꼭 악마면 안 된다는 법 또한 없습니다."

칼리파는 상관없이 말했다.

그레모리의 얼굴에 놀라움이 스쳤다.

"칼리파, 너 설마……."

"그레모리 님의 계약자가 되고 싶습니다. 그레모리 님을 위해 싸우고 승리하고 싶다는 소망을 오래전부터 간직하고 있었나이다."

칼리파는 결의 어린 얼굴로 말을 이었다.

"저를 계약자로 삼아주십시오. 대리자로서 그레모리 님을 위해 싸우고 싶습니다."

"칼리파……."

"그리고……."

칼리파는 그 이상 말을 잇지 못했다.

하지만 그레모리는 그 뒤에 이어질 뻔했던 말이 무엇인지 알고 있었다.

'그레모리 님의 반려가 되고 싶습니다.'

아마도 그 말을 하고 싶었으리라. 감히 입 밖에 꺼내지 못했던 진심.

칼리파는 그레모리의 권속으로 오랜 세월 있으면서 그러한 연심을 품어 왔던 것이었다.

"칼리파, 애석하지만 그건 안 된다."

"어째서입니까?"

"서열전은 악마군주 본인이 치를 수도, 계약자가 대리로 치를 수도 있다. 그리고 네 말대로 계약자는 꼭 인간이라는 법은 없지."

"그렇다면……!"

"하지만 72명의 악마군주는 대부분 인간을 계약자로 삼아 서열전에 내세운단다."

"인간의 재능과 가능성입니까?"

"보다 더 근본적인 이유가 있단다."

"그게 뭡니까!"

"이 서열전이 존재하는 이유, 바로 마신께서 품으신 진정한 뜻이지."

"마신님의 뜻……?"

칼리파는 벌떡 일어나 소리쳤다.

"제 주인이시여! 저는 인정할 수 없습니다! 마신께서 정하신 율법상, 저는 그레모리 님의 계약자가 되어 서열전에 나설 수 있습니다. 이 칼리파는 수없이 긴 세월을 노력하였습니다. 그 이신이라는 인간보다도 더 잘……!!"

"그렇다면."

그레모리가 말을 끊었다.

"겨뤄보겠느냐?"

그녀는 앞을 가리켰다.

검지가 가리키는 곳에는 시녀들에게 둘러싸인 채 잔뜩 흐트러진 이신이 있었다.

칼리파는 질투와 좌절감으로 이글이글 타올랐다.

"명에 따르겠습니다."

시녀들이 둘의 눈치를 보더니 슬그머니 이신을 그들 앞에 가져다놓았다.

그레모리는 그런 이신을 보며 빙긋이 웃더니 손을 뻗어 치유를 가하였다.

대번에 술에서 깨어난 이신은 그제야 정신 차려 그레모리와 칼리파를 번갈아 보았다.

무언가 분위기가 심상치 않음을 감지한 그는 옷매무새를 추스르고 자리에서 일어섰다.

"재미있게 즐기셨나요?"

"…즐거웠습니다. 다시는 그러고 싶지 않을 정도로."

그레모리는 나직이 웃었다.

그런 그녀의 반응을 보며 칼리파는 더욱 솟구치는 질투심을 느꼈다.

'인간 따위가!'

『마왕의 게임』 6권에 계속…